Carmen-Francesca Banciu
Light Breeze in Paradise
Ελαφρύ αεράκι στον Παράδεισο

Bibliografische Information der Deutschen Nationalbibliothek
Die Deutsche Nationalbibliothek verzeichnet diese Publikation in der
Deutschen Nationalbibliografie; detaillierte bibliografische Daten sind im
Internet über http://www.dnb.de abrufbar.

First Edition in German, PalmArtPress, March, 2015
© 2015 Carmen-Francesca Banciu, ISBN: 978-3-941524-60-6

ISBN: 978-3-941524-95-8

1. Edition (English and Greek), All Rights Reserved, 2017
© Carmen-Francesca Banciu
© PalmArtPress, Pfalzburger Str. 69, 10719 Berlin, Germany

www.palmartpress.com

Publisher: Catharine J. Nicely
Cover Photo: Carmen-Francesca Banciu
Photos: Carmen-Francesca Banciu
Translation: Advanced Training in Greek Poetry Translation
and Performance Workshop, directed by Vassiliki Rapti
Translation (English): Molly O'Laughlin
Chapters: 1-3, 9-11, 13-41, 43-60, 62-68, 70-73, 75
Editors: Catharine J. Nicely, Clara Luise Hildebrand
Translation (English): Pat Snidvongs
Chapters: 4, 5, 6, 7, 8, 12, 42, 61, 69, 74
Editors: Peter Bottéas, Vladimir Bošković, Julia Dubnoff, Vassiliki Rapti
Translation (Greek): Vassiliki Rapti and Andreas Triantafyllou

Produced in Germany

Carmen-Francesca Banciu
Κάρμεν-Φραντζέσκα Μπάντσιου

Light Breeze in Paradise
Ελαφρύ αεράκι στον Παράδεισο

Translation
Vassiliki Rapti
Molly O'Laughlin
Pat Snidvongs
Andreas Triantafyllou
et alii

Palm**Art**Press
Berlin

Content

ΠΙΝΑΚΑΣ ΠΕΡΙΕΧΟΜΕΝΩΝ

Carmen-Francesca Banciu
Light Breeze in Paradise

Translated from German by
Molly O'Laughlin
Pat Snidvongs et alii

Palm**Art**Press
Berlin

For Dieter Ohlhaver and Germa von Heydebreck-Ohlhaver

"Championing a cosmopolitan perspective, Banciu's novels are distinctive in style and structure and present an interesting challenge for English language translation of her work. Richly metaphorical, rife with anaphora and characterized with a sentence structure that is skillfully elliptical and allusive, as well as deceptively simple and deliberately suggestive and ambivalent, Banciu's prose is both playful and profound."

Elena Mancini, Queens College, CUNY

Foreword

"Thirteen ways of describing the rain"— and a thousand and one the sun, sinking or rising in the mirror of the sea.

Despite all the tragedies about those locusts, baptized "Orestes" or "Clytemnestra" by the author, in spite of all the insect satyr-plays about Arachne's webs, Ariadne's threads, about love-labyrinths and death-orgies in the terrace-arena of the miniature Minotaurs, in the cicadas' polyphonic chirp of a Greek summer: with the author alone on the terrace, with her in the car among people, in the *kafenion*, in the sea, by reading—now, during the melting of the Berlin snow—the weight of the world grows lighter gram by gram, and step by step the eye grows brighter …

As modest as she is clever, Carmen-Francesca Banciu draws on the root of all poetry inspired by Greece: to be a hymn to light.

I can feel my heart contracting. / Flickering out like the Sun's daily death. I know this. / There is no beginning. And no ending. / I know this. / Nothing is lost. / Nothing dies. / Things are only transformed. / I know this. / And forget it, again and again.

Werner Fritsch, January 2015

Hearing many words is not listening. It´s like a noise among the leaves. The quality of listening is attention. Sagt Yddu Krishnamurti.

Watching many things is not seeing. The quality of seeing is awareness. I add to it.

1. Karelia Gold

No, I'm not starting again.
I never stopped. Smoking.
By now, I only smoke a couple of times a year. Maybe ten times. But today I feel like it. A George Karelia. I tried them for the first time here in Greece. Back then, fifteen years ago. And they're still around.

A lot has changed in these 15 years here. A lot has disappeared in these 15 years. The Karelias are still there. A blend of the finest. Un mélange … Still in their flat, yellow package. The package with the golden letters. That one opens like a box of chocolates. George Karelias and Sons. Smoother Taste. Virginia. Everything as it was years ago. Only nowadays, a white sticker with deep black script defaces the elegant box. It sticks threateningly to the front side. And repeats on the back. A premonition of the future obituary for the smoker.

The sweet-savory-soft smell leaves me waiting. Until I've opened the box wide.
But I take my time. And first patiently study the print on the inside of the lid. I can't remember ever having read this *Note from George A. Karelias.* Did I not pay attention to his message back then?
Back then, anyhow, George A. Karelias never spoke to me. Or maybe it's a new message.
For over a century successive generations of our family have worked to refine our products. From this rich tra-

dition of heritage and quality we bring to you a distinctive cigarette of superior quality.
George signed it himself in gold. A regular, balanced, elegant hand. A man in equilibrium. No lover of wild excess.
Is that true?

When one opens the box, one gets a faint idea of what Mr. George means.
But first one must admire the elegant paper. Patterned with tiny Karelia logos. Countless gold emblems on white paper. When one opens the protective paper, the whole inside shines golden. In this shining bed lie the cigarettes, underneath each other in two rows. With long, orange, yellow-speckled filters. Each one wears the *Karelia* name in gold.

White leather gloves-milk-vanilla-honey aroma. And the aroma of tobacco. Out of the box it rises smoothly upward. *Un mélange des meilleurs tabacs choisis pour qualité …*
I breathe in the fine aroma. Light and rich. Its enticing sweetness relaxes me. The Greek summer afternoon is more perfect for it.
I'm away from Berlin. Fled. I've escaped my life for this summer. To slip into another. Into life on a terrace with a view of the sea.

I'm away from Berlin, leaving everything heavy, everything unresolved behind me. At least to interrupt the old life. Or even to change it. To free myself from the heaviness. To birth myself anew. Through another view. Through another attitude. Through mindfulness. Through awareness.

I have come in order to touch life itself . To give birth to myself anew. And to capture the birth in words.

2. Karelia Joy

I live in a lonely house. At the edge of a village in Mani.
It's not my house. It's the house of friends from Lübeck.
And I'm allowed to spend the summer here.
Having just arrived, I plunge into the velvety air.
Around me, the tepid summer evening.
The new moon. Dainty. An arabesque.
Karelia Gold.
The new moon hangs over the sea.

I am sitting on the terrace. A terrace on the hillside.
And the way I sit there, it looks like the terrace is a
bridge. From the garden to the sea.
I choose a cigarette. The third in the row. As if it had
a meaning. It has a meaning. It is the third cigarette in
the top row.
And because it is the third, it tastes different from the
second. Or the tenth. Or the seventeenth in the second
row.
Because more humidity.
Because more air.
Because more light has reached it.
Because I've chosen it.
Because nothing is the same as itself. And everything
is always new and unknown.
I can't part with the aroma, and clamp the Karelia be-
tween my upper lip and nose. I look at the sea. And at
the moon above. And at the swarm of bustling moths
around the hanging lamp on the terrace.

The Karelia between upper lip and nose. I imagine how that looks. And have to laugh. And the cigarette falls to the floor. I pick it up. It's the third cigarette from the top row. And yet, now it's become something or someone else. From now on, it is the third cigarette from the top row, that has fallen on the floor.

The-third-cigarette-from-the-top-row-that-has-fallen-on-the-floor has a history now.
It already had one before. Only I didn't know it. I didn't even think about it. Now there was one, because I noticed it.

A locust sniffs at the box. It's ocher-colored. With brownish patterns and green decorations. It, too, goes with the gold of the box.

I hold my cigarette under my nose and breathe in the aroma. The aroma makes me happy. Can smoking make me even happier?

A locust with only one feeler wants to get at the smell. Into the box. I close the box. Frighten the little locust Not on purpose. It stays on the table. Frozen. Then it thaws again. Feels with its feeler ever closer to the box. It must be a smoker. *An addicted smoker.*
The aroma makes me happy. The aroma of *twenty luxury cigarettes.*

Twenty times I can take pleasure in it. When I breathe in the aroma of the tobacco, sitting on the terrace at night—surrounded by singing cicadas, by chirping crickets and grasshoppers, by curious locusts, by orange and pink moths, by small, lemon-yellow, tiny insects—with a deep drag.

Twenty times I can take pleasure in it.
And even more often. When I don't light up.
At the foot of the mountain flicker the lights of the city. The lights of Stoupa. And behind the lights a sea of darkness spreads. Behind the lights darkly lies the sea.
I, high up on a Greek mountain, could smoke the finest cigarette now. *More than a century* people have striven for this. So that I can enjoy it, here and now.

For years I have bought no cigarettes for myself. Only sometimes bummed from other smokers. I don't even have a lighter. In my bag full of surprises. Really a city backpack. I find a slim matchbox.
On the box it says *Hotel Remarque*. This box has traveled with me a lot. Through half the world. For no reason. Because it was just there. And there was no reason to take it out.
Hotel Remarque in Osnabrück. That's a long time ago. A friend of mine is from Osnabrück. I met her in Greece too.

No. I didn't smoke it. The Karelia. I put it back. And fell asleep with the aroma.

3. Eyes behind the Eyes of the Eyes

Everything here in the village wakes up earlier than I do. It's only a bit after five.
How early do I have to get up to be the first one? So I can notice everything. So I can perceive everything. So nothing slips by me. Escapes. So I can weave my tracks into what's happening. So I can be a part of the whole. And, at the same time, retain an overall picture.

I want to see everything. But still I overlook most things. I need time to perceive things. Because things hide from me. They hide from strangers' eyes. They hide from the untrained eye. From the hasty one. From the interloper.
I train myself to notice the landscape. And every day the landscape trusts itself to me a little bit more. Like a full rose it is opening before me. My eyes see ever more spaciously. Comprehensively. Ever deeper. Eyes behind the eyes of the eyes are opening.

In the beginning I see what I know. What I recognize. Every day I train. Every day I learn. Every day I look out over the borders of my world. My eyes subsist on the world. On my daily changing world. And on the world of others.
My view. My being. They are enlarged.
In the first days I only see that which I already know. What I'm expecting.
Only today I discover a fork in the road from the terrace.

And the sloping bend. Has it always been there?
In the bend, two backpackers emerge. As if out of no-
where. As if from another world. From another dimen-
sion. As if they had brought the bend with them.
The backpackers leave the bend behind. They step into
the river of the street, which rushes down.

Two backpackers on the way to Stoupa. The morning
has only just dawned. The luggage is still light. Their
step springy. The body relaxed. The breath is full of
the morning freshness. In the roof of the mouth the
memory of the summer breakfast.
Two perky backpackers. They aren't hitchhiking. They
want to walk. To put their strength to the test. Or do
they want to train their vision. Seeing things that they
don't know. Have no idea about. Aren't expecting.
They aren't expecting me on the terrace.
They don't see me.

4. Homesick

Last night I forgot to close the lid of the rubbish bin.
The ants appeared in front of me.
They have built an ant road. They crawl up to the rubbish in a thin line.
Still no road below.
I close the lid and break the road.
Some ants are locked inside. They will be taken to the rubbish dump. On the other side of the village. Where the rubbish containers sit.
Far away from here.
Will they find their way back to the house?
Will they create a new home?
Will other ants accept them?
Adopt them?
Or will they be lost in foreign lands?
I keep the lid closed.

5. Morning Moods

The cicadas' song makes the landscape tremble. The air stands still. The sea slowly awakens. The mountains of Koroni emerge from the mist.
The sea is veiled. Beneath the veil, the water moves in millions of quivering and crumpled patches.
I want to capture these motions.
Describe them.
Give them a name.
Discover their abstract form.
Find an expression for them. Bind everything in words.
I search.
I would have to make a million daring attempts.
Even after the first try, I already recognize my limits. Before I dare to make another attempt, the sea has changed its motions. Its veil has turned more translucent. The light transforms itself endlessly. How can I seize this with my words? As soon as I perceive a state, and want to preserve it in words, I distort what *is*.
What *is* changes. Endlessly.
It changes with an ineffable swiftness. As if there's never something.
So when is there something?
I recognize my limits. Yet wish to go beyond them. Outside my "I", the world is limitless.

6. Thirst for the Sea

In the early morning, the sea seems to sway gently beneath its veil. The sun moves slowly and illuminates the murky shallows below me. It conquers an ever larger part of the landscape. Pierces the veil. Dissolves it. Out comes the sea. The blue. The sea as we all know it.

The sea absorbs my attention. Bewitches my eyes. I walk out onto the terrace, my eyes tethered to the sea. From time to time, I free myself as from a dream, and examine my surroundings. I notice what has faded from my mind. An expanse of olive groves and stone houses. Old and modern Greek homes. Maniot towers. The countless twists and turns of the country road. These things cut me off from the sea.

I thirst for the colors of the sea. A craving that cannot be sated. How can I go on living? How can I survive, once I leave this place?
Is there a life without the sea?

7. Mimis, the Philosopher

In front of me, the sea. At my back, the village on the mountain. Straight below, the olive groves peppered with houses. Small and larger castles of stone. Alone or standing in groups.

Behind me I can hear the village waking up. I hear the coughing of my neighbor on the right. The footsteps of the Albanian who rents a place nearby and already rushes off to work.
I hear the village waking up. Clearing its throat.
I hear Mimis, the solitary Spartan, who has lived in this village for over thirty years. Who still remains a foreigner. Mimis, who used to work in Germany, then moved further away. Became an American. And retired in Mani. With his German pension. With his American savings.

Mimis did not go to Sparta. No, he preferred to live here in Mani. With the Maniots. The stubborn Maniots. Was this a mistake? Maybe. He says. Perhaps I would have been better off staying in America. Or Germany. Then again he says: what happened was meant to happen. It's good that it happened in this way.

Mimis' house stands on the slope. Shoots up skyward. As though it grew out of the slope.
No one ever sees Mimis. Only his car. Sometimes the car sits in the courtyard. Sometimes it is gone.

No one sees Mimis. Twice a day he lets the world know that he's still alive. In the morning and at dusk. When he switches on his radio and listens to the news. Or his favorite radio channel: a daily reading from a work of literature. What does Mimis have to say about the closure of the Hellenic Broadcasting Corporation? Will he go to demonstrate in Athens?

Mimis is a philosopher.
Mimis is a wise man.
His house is a labyrinth of shelves. Filled with books. In Greek. German. English. History and philosophy. Novels. And maps. Tons of maps. Geographical maps. Astronomical maps. Nautical maps. Maps that should have helped with navigating through life. Mimis' maps led him to Mani.

His house crawls down the rocks. Stretches itself across several levels, fused with the rock face. Mimis' house is the tallest building in the village. With one leg, it stands deep below the village; with the other, right in its centre. In the square. Opposite the taverna. From the window near the entrance, Mimis' house has the widest view over the village square. And from the terrace, up above, the grandest vista of the sea. With its terrace, the house is a watchtower, guarding the village against pirates.
Mimis could not care less about pirates. Every evening, he watches the sunset from his terrace.

Helios. Everyone in the village reveres the Sun King. All are entranced by the splendor of his daily descent.

At dusk, the men are seated at the small, round, blue, metal tables of the kafeneion in the square. They drink a bit of ouzo. Some tsipouro brandy. They sit together in silence. Gazing in a group at the sea. Waiting.

Every day, they wait for the same thing. For Helios' grand entrance. For his dramatic departure.

The women also wait. Huddled together on little stools. Or with their backs turned to one another, when in a quarrel. They sit on benches facing the balustrade and gaze spellbound at the sea.

Any quarrelling, any gossiping is cut short. A daily armistice. A ceasefire in honor of Helios.

In honour of Helios, Thalassa, and Ouranos.

Even I am entranced by the sunset's splendor. By the sea and the changing colors of the sky. I remain silent, staring from my terrace at the sea.

8. Cicada Music

Sometimes the air stands still. Not a single leaf moves.
Only the cicadas scrape on the invisible skin of the
taut air with their quivering song.
Endlessly.
Deep into the night.
A sea of quivering cicadas.
A sea of enchanting.
Obsessively repetitious.
Hypnotic.
High-pitched.
Monotonous.
Monosyllabic song.
Accompanied by chirping crickets.

In a fragrant sea of oleander.
Of jasmine.
Of oregano.
Of Taygetus sage.
I let myself sink.
Above my head a roof of gnarled and knotted vines.
Densely intertwined.
Heavy bunches of grapes hang down. With tear-shaped
beads.
Black Maiden grapes.
They are called *Goat's Teats* in my native land.

9. Summer Home

My friends' house is built into the cliff. On the cliff. An old, humble, farmhouse. Exposed to the elements. The kamara and the apothiki, built out as an apartment, are nestled up to the cliff. Chiseled into the rock are feeding troughs and storage chests, in which Dieter's tools lie. And Germa's and Dieter's paints and brushes. And the easels.

It's a hospitable house. I, too, find my place here. Feel myself grown together with the house. Attached. This year it's my summer home.

My friends' house on the cliff is a hospitable house.
A house with chinks and cracks in the doors and on the window frames.
A generous home for all kinds of creatures.
We are all the same here. Have the same rights.

10. Terrace Safari

There's a lot to see on the terrace. And from the terrace. There's so much to see that one can never see all of it. Because everything is changing without pause. But still almost imperceptibly. There's a lot to see, and when one doesn't look for it, one overlooks it, too.

It's almost 11:00. And I missed the daily prowl of the lizard on the ledge of the terrace. A text message called me into the room. Just in time to rescue one of my new pets. My one-legged. Really five-legged locust. It probably fell from the ceiling and landed on its back. It lies clumsily on its back like a beetle. For a disabled beetle that's how life ends.

There's lots to see on the terrace. And from the terrace. The village is taking its siesta. The village calm is deceptive. The trembling of the cicadas continues. Helios hurls his speer at me. I sit in the protection of the grape leaves. Only the sea has no protection. The sun is mirrored painfully on its surface.

Sometimes the birds sing like ducks. Or is that still the singing cicadas, who have disguised their voices?

The cats here are all snake-thin. I have to think of my tomcat. Overweight and lazy.

A little lizard appears. Probably the daughter of the big lizard. She has a blue tail. Watchful, tiny eyes. And a body decorated as though with a corset. A plaid corset and a blue skirt snug to the body. She stalks the length of the wall. Freezes in my sight. Waits. Waits for a moment of inattention. Lapse. Absence. Then she disappears into a crack in the wall.

The mother cat doesn't care for her. Sleeps on the awning of the summer kitchen. In the shade of the bougainvillea blooming in ecstasy.

The cats here are usually on the hunt. Locusts, mice, rats. During winter they even eat olives. And whatever else nature or man gives them. Man gives little.

Since I've been here, I've eased the life of a cat mother of four. Whether I give her the right food, I don't know. She lies in the high grass with her children. Nurses them. Plays with them. Scolds and caresses.

Day or night, she hunts often. When she has had enough of everything, children and the hunt, she sometimes comes to me. Or she hides out in the massive, in-a-million-blooms-aflame bougainvillea, that lets its branches hang onto the kitchen roof.
From there she has the area in sight. Sees whether there's prey to be had nearby. Or whether I've put something out for her.

Under the kitchen roof, over the fireplace, hidden in a crack, lives a pink, almost transparent gecko.

A house without geckos is a house without a soul, my black sister Yvonne Vera, from Zimbabwe, once told me.

Yvonne has passed on, but her books and her saying are still in my memory.

11. Orange Life, Orange Learning

An orange tree glows full of big, overripe oranges in the morning sun.
In the evening, in the fading light.
An orange tree, fully laden. Just for me.

There's so much to see on the terrace. And in the garden. So much, that I miss most of it.
In the morning the orange tree tugs on my sleeve. Makes me pay attention to it.
Throws an orange before my feet.

I don't want to pick it up immediately. It's still much too early and I have to water the garden.
While I'm gone, a spider intervenes. It draws a thread between orange and orange tree.
The silvery thread shines in the morning sun.
I don't pick up the orange.
I let the orange lie.

Multiple generations live in one orange tree. A family. A clan. A whole society. Sometimes small buds, blooms, green, hardly visible crops and ripe fruit are there all at once. And they all seem to get along.
If the oranges are overripe, they let themselves fall. Or they shrink together. Dry out. Fall to the ground. Fertilize the earth.

Maybe we should learn from the orange trees.

12. Clytemnestra and Orestes

Maniots are famous for their stubbornness.
But not only Maniots are stubborn. Locusts are too.
For whatever reason, some of them really want to live in my room.

Now I have two pets: Orestes, a five-legged locust who apparently belongs to the genus Anabrus, ochre-hued with light blue, green, yellow designs and brownish black patterns on his body's outer shell. He lacks a hind leg. He limps around the place like a one-legged person.

Locusts actually have three pairs of legs. But the large hind legs are the most important. The hopping legs. With their strongly moulded, well-formed thighs. Orestes lacks a hopping leg.

My second pet is also a locust. With transparent, silken, bright green wings. But only one antenna. Only half-equipped against the world's dangers. Her name is henceforth Clytemnestra. Orestes and Clytemnestra.

Unfortunately, not all is right. It's even confusing. Because both pets are obviously female. And belong to different species.

But I am also stubborn. So I simply name the limping
locust Orestes. Orestes the Lame.

Orestes the Lame. I throw him out the window, down
the slope. But soon he's back again. He sits on top of
my mosquito net, and watches me while I sleep.
But I leave him there, keeping watch the whole night.
Since I've understood that he is satisfied with staying
on the net's other side.
In the mornings, I see him hobbling around the kitchen
wall.
Perhaps he expects me to cook breakfast for him?

13. Brief Locust Lore

There are as many kinds of locusts as grains of sand by the sea.
Cigar-shaped. With and without wings.
With long and short feelers.
Plain or multicolored.
There are monochrome gray, brown locusts or ones in all the colors of majolica pottery. With artful decorations.
There are locusts that can jump three meters.
Each kind of locust has its own song.
I'm sure of it. Each individual locust has its unique sound. But who has the gift to recognize it. To differentiate it?
Surely the locust-song specialists.

Are locusts carnivores?
Clytemnestra and Orestes have always taken my gifts of fruit.
Or maybe.
Clytemnestra and Orestes trust me.

14. Summer Friends

For a couple of days the terrace is the whole world. For a few days I live exclusively in this world. I talk to the locusts and cicadas. With the mosquitoes I can't communicate. We're not on the same wavelength.

I speak with all of them in my thoughts. Otherwise I remain silent. From morning to evening. And in the night.
My silence wraps me in velvet. Fulfills me. Fills my heart. Easy and luminous with tranquility. Around me, the whisper of things. The secret language of the seen and the unseen.
There are moments. Like flashes of light. Moments, in which I understand all languages.

For a couple of days the terrace and the expanse of the sea are my whole world.
When I sit at the table, both seem to be connected. As if the terrace lay on top of the sea. And I could, if I rose and stepped outside, proceed over the velvety, bleached blanket of the sea. Or. As if I could let myself blindly fall from the terrace into the swaying restlessness. And finally quench my thirst for its ever-changing blue.

One day I want to get ahold of the sea. Color-drunk. Addicted to azure.

The world of the terrace ends at its edge. Under it, the cliff. The olive groves. And the sea.

One day I want to get ahold of the sea.
Breathe in the blue.
Drink it.
Quench the thirst.
Conquer the hunger for blue.
One day I will drive to the sea.

15. Among People Again

I wait every day in front of the sharp bend at the end of the village. There, where the way out of the village branches out. Upward, to the next villages in the high mountains. Downward, past villages. Past olive groves. Past towers of Mani. Past stone houses.
To the city by the sea.
To the sea.

I wait in front of the bend and stick my thumb out at the drivers. I want to drive with them. And every day someone willingly lets me get in. Takes me along.
Sometimes I have to divide the route down to the sea into sections. Drive with several cars. Each new driving opportunity delights me. My curiosity rides along. And listens to new stories.
The travel time is short. My Greek simple. The drivers and I, we talk about simple things. About seemingly simple things. About the weather. The sea. The sun. The sky. About children. Work. About the future. And fear thereof. We speak with hands and feet. And with our eyes. We translate our feelings into mouth- and brow-movements. We speak in simple words.
And it is astounding, how well we understand each other. How much we learn from each other. How alike we are. And at the same time, how different.
The language of the eyes eases the understanding of words. The language of the eyes makes words irrelevant.

When one looks into another's eyes, fear is dissolved. And one sees into the other's world.

Every day I drive to the sea and back to my village. To the lonely house on the hillside. Bring new worlds with me. Lay them like gathered plants to dry in a herbarium.

I will meet some drivers more often. And others I will forget. As if our meeting had never been. As if these people had never been.

Did the meeting ever happen if no one remembers it?

Today I am driving with Papanikos. Papanikos, the local priest.

While he talks to me, I look directly at his palate. Traces of his breakfast on his tongue. Paximadi leftovers. Leftover crumbs of mountain bread.

Papanikos has a mane as black as his priest robe. A couple white hairs at his temples.

Where do I want to go? He will drive me there!

I want to go to the sea! *Evcharisto poli*, that's wonderful. Sometimes it's hard to find a connection. But with Papanikos everything's easy. He's happy to drive with someone. And exchange a few words. Papanikos is young. Not yet fifty. Born in Buenos Aires. And now he lives up in Saidona. And serves his Lord in the villages of the area: he says so loudly. And his pride in that is unmistakable.

Papanikos has a very large body. He weighs 30 stonea ton. Would fill up a plum-fermenting barrel. His body smells strongly. No. He doesn't go bathing in the sea.

Orthodox priests are allowed to. But he can't do it that well. The swimming thing.

Papanikos's car is full of junk. A USB stick in the car radio. It's blasting hard rock. Yes, he loves music. He says it a little shamefacedly. He loves music more than anything. Not just church music. That's Australian rock. From the Internet.

He wants to turn the music down. *Orea*, I say. *Poli orea*. He turns the music all the way up. Drums to the beat enthusiastically. He can barely stay in his seat.

InAs for the many curves, I trust in God's protection. One can't be in better hands. I should spit into my cleavage. And go back nine steps. So misfortune doesn't find me. When a black cat or a priest crosses my path. So they say in my homeland.

I had no time to back up nine steps. Papanikos had a broad smile. With an inviting gesture he opened the car door wide. I got in. And he took me to the sea. Almost into the sea.

Towards the evening, I trudge with my now-heavy bag a few kilometers by foot. From the beach up to the fork going into the mountains. Up to the street toward Pyrgos. More ideas in my notebook. Salt and sea in my towel. Not to mention the sand.

Lisa, a Swede with sun-hair and shining eyes, takes me with her. Lisa is in love with the region. And with the country of the Greeks.

Lisa has two children and a massage clinic in Sweden. She escaped it all. No. Not head over heels. The son is barely twenty. The daughter somewhat older. The practice she left in the hands of a young Romanian woman. I don't believe that. Sure, she says. She is an expert. But still no one else would hire her. It's already hard for Swedes to find a job in Sweden.

Lisa says: this woman is my good fortune. I can leave, while the practice keeps running. The patients are not abandoned. It's a win-win situation.

I was born in Romania, I say. And we laugh. And laugh. Until Lisa listens carefully to her car.

What a strange sound, says Lisa. Maybe we will both have to hitchhike. Or hoof it. The tank is almost empty. How did I not see that? There was enough gas yesterday, says Lisa.

Lisa also lives up on the mountain. Halfway up. But she still drives me all the way up with the last drop of gasoline. If it's not enough, I'll let myself roll down. She says. And laughs. And I plead with the gods that Lisa should have enough gasoline to get to the closest gas station.

16. Akrogiali, Here and Now

I

If everything is not written down right away, most of it is lost. Moods. Impressions. Memories of details. There is so much to see and only a little remains in the memory. That is good. Is that an unconscious selection. Coincidence. Carelessness. A protection against overstimulation. Is it a loss?

I want to be everywhere. To be everywhere is to be nowhere. That is certain. And yet forgotten at once.

To want to be everywhere. At the same time. A costly illusion. One loses oneself. One loses one's self to oneself. And to the world. One is thrown out of life. Into an in-between place. Where there's nothing. Where memory remains empty. No pictures. A room, like a black hole, that swallows everything.

To want to be everywhere. To miss nothing?
To do things little by little. One thing after the other. And then so much more fits into the day.
One thing after another, little by little. And then the day seems unending. And full of events.

One thing after the other. Again and again I have to learn this. Even though I already know it. And immediately forget it again.
It's the most self-evident thing. And yet one can hardly resist the attraction of simultaneity.

To want to be omnipresent.
Self-empowered.
All-powerful.

II
I sit in Akrogiali, a café-restaurant at the small harbor of Stoupa. On the table remains the small plate and the fork. A used fork. The fork rests next to leftovers. Next to the traces of my existence. Rests next to the piece of watermelon rind. The rind dark blue-green. The dark power of the blue-green disperses. Is diluted. Runs in pale green into the next layer. Watered down. A power exchange of colors. Or even a power struggle. And one can't say which color is going to win.

The juicy flesh of the melon slices is gone. Bite marks on the bare edges. Between them, bits of mashed, sucked-out strands, from which the last sticky-sweet drops of melon blood trickle.

On the table the fork that has become foreign, bereft of meaning. Near the desolate melon rind. In the evaporating perfume of the coagulated juice.
Remaining, a black, slippery seed in the mouth. The tongue pushes it here and there. It glides along behind the teeth. Threatens to slide into the throat. I spit it out. Lay it on the dish. A shining stone. Changed into a mirror by the sun. Next to it the other seeds already faded.

On the table rests the plate. It is my plate. Light streams past the sunshade onto the terrace. Pushes onto the table, little by little. Parching the remains of the melon. In the background, the sea. The rowboats and sail-boats in the small harbor.
In the background, the sea. The easy, constant motion of the water.

I am level with the sea.
I realize. In this instant with the plate and the fork on the table. With the sacrificed melon blood before my eyes. With the boats in the background. I realize that I am by the sea. I sit on the restaurant's terrace. My table next to the parapet. On the parapet the green wooden crates, out of which stone flowers with their succulent leaves creep. Out of which petunias grace-fully stretch gracefully. Clearly outlined in the air. Clearly, as if they were realer than reality. While the sea seems a little blurred. Blurred and unreal.

I am down by the sea and miss out on the life up on my terrace.
Is that right?

I am down by the sea. And I know it. I sit on this ter-race. I sit by the sea. I look at this plate. And know. I have been was here. No. I am here. Here and now. And still. I am, as long as I perceive myself here.

Here and now. Am I.

Not on my terrace on the mountain slope.
Not with the locusts. With the butterflies, spiders, geckos, lizards, cats, birds and plants. With the people in the village. With the view of the breadth of the sea.

I can't be in two places simultaneously. Never will I know what I have missed on the terrace, while I am down here by the sea. Never will I know what I missed out on, out in the world. One can't be simultaneous. Be and not be, simultaneously. Somewhere.
I am on the terrace by the sea.

I contemplate the plate and the reflections of light within. The remains of the melon and the seeds.
And suddenly I feel that I am here. And am now. That it is me. I know. And I feel. That is my plate. And the sea in the background is my sea. It is my sea too. The sea is mine. Because I perceive it. And as long as I perceive it, it is my sea. And the mountains behind it. And even the sky, that still has room in my view, is my sky. As long as I perceive everything, it belongs to me. And so I am unspeakably wealthy. An unending wealth. As long as I look here and now over my plate with the fork. Over the sea. Over the mountains. At the sky. Over everything that is captured here by my view.
And the broader my perspective, the greater my possession. The broader my perspective, the greater my wealth. And I want to record capture this wealth. In words. Written. Spoken. In words and pictures. Pictures. Moving and unmoving pictures. I want to catch it. Pin it down. Keep this property forever. I take hold

and catch it. Close everything up firmly in my fist. And when I open the fist, nothing is there. I have to rely on memory. But even it is fleeting. Virtual. As though it consisted of countless pixels that tremble on the air's monitor. On a panorama display. And each second it can shatter. And everything disappears. Forever.

III
Everything will be lost. If I don't make an effort to remember. Yesterday, for example.

17. What Remained of the Day

I
What is important of yesterday.
Of the day before yesterday.
Why should I remember it?
Will it be engraved on my life.
Shape my life.
Whose life will it shape?
If everything is lost.
If everything is forgotten.
Will there still be a today?

It was Sunday. The day on which the Athenians are here. Father and son took me with them.

From Berlin! You are from Berlin! says the adult son. An impressive city.
And so began our conversation.
I was in Berlin for one week, wanted to see the city. I started with the Museum Island. And I couldn't leave it for a week.
I've definitely got to go back sometime. So I can finally take a look at the city.
And how did the fight over the palace turn out? he wanted to know.
I am an architect, says the father. Yes, I like Potsdamer Platz. History should not be erased though. On Potsdamer Platz. It can be seen there, too. The Kaisersaal is still there. Traces of it. And that incorporated into a new building. Wonderful. But the Palace of the Republic.

Well, it's supposed to have been full of asbestos. But, where didn't they use asbestos at that time!

Father and son came alone. The mother stayed in Athens. She doesn't like coming here anymore. But both of them still come. They have an old house in Saidona.
Saidona. The beautiful village.
Still higher in the mountains.
Saidona, the dreaded Communists' nest.

18. Daniel, the Savior of Himself

On another morning I meet Daniel. He saws and hammers in the neighboring garden. Turns his head to me and calls. Whether my water line is working? No, there's no water. The water supply is interrupted again.
It's always like that in summer, he says. All the water is diverted down. To the hotels. To the tourists. Sometimes for days on end.

Daniel has nothing against the tourists. Rather against the people in the surrounding villages. Years ago, they didn't support him in his plans for a sufficient water supply. There's enough water here in the mountains. He built his own water line. He always has water.

Daniel lives in Pigi. More specifically, above Pigi. That is on the next mountain. He comes here because he looks after foreigners' holiday homes and has jobs to do.

Daniel has fingers like I've never seen before. As if each single finger got hit by a hammer when it was growing. And through that the fingertips were formed. Swollen. The fingernails very crooked. Thickened and hardened.

In every respect, Daniel is unique. At least there aren't many like him.

A different life. Under that title Argentinian television did a report on him. Some time after the end of the Junta.
Daniel's life is very different.
Daniel from Pigi. That's what they call me here.
But really I'm from Argentina, he says.

From Argentina. Like Papanikos!
No, he was born there as a Greek. I was not just born there. I'm also Argentinian. Or at least a part of me.

Daniel has a German last name. His German is excellent. We escaped before the Junta, says Daniel. My father sensed the danger before it was apparent to the others. First we emigrated to Israel. Then we scattered into the world again. I've lived in several countries.
He was also in the Israeli army. Worked in the kitchen. There is a battle there every day too. The Onion Massacre. Without onions nothing happens, our cook said. I learned a lot from him. All of this cookery I learned from him. A Romanian who'd converted to Judaism.

I didn't want to be in the army. In any army. And as soon as I could get away, I went. I road-tripped through Europe. I lived in Germany for a while. Fell in love there. I have a German child. What is that supposed to mean, German. My family is deeply rooted in Germany.
I have many passports. Many citizenships. As a Jew one has to be cautious. Protect oneself. Keep many doors open for oneself.

I have many citizenships. But I didn't want to serve in any army. I don't believe in war. I believe in no one.

Daniel believes in no one. Only himself. That's why he built his kingdom in solitude. A piece of land. A big piece of land, he bought. Far away. In the wilderness. But maybe he does believe in books.
Daniel says: reading is really my most important occupation. Ultimately, I work to be able to read.

Daniel reads everything that falls into his hands. Everything that falls under his eyes. In the Internet a lot falls under his eyes. Today one can get books really cheaply. One only needs an e-book reader.

Daniel reads in many languages, but not Greek. No, my Greek is not good enough for poetry. I don't get together with Greeks enough. I live almost exclusively among foreigners and work for foreigners. Sadly, I read Greek poetry through detours, in lots of other languages.

Daniel lives in the wilderness. He built his house himself. He wants to be as independent as possible. His electricity comes from the sun. The water from the mountains. And from the sky. He collects rainwater in a giant, underground marble cistern. It's from the eleventh century. Daniel claims.
Mostly he cooks his food in a solar oven box. Self-built from a discarded flatbed scanner.

I did not enter Daniel's kingdom. The invitation to dinner from the oven box will be postponed to next summer. This summer is too short for that.

19. May the Earth Rest Lightly upon Them

Daniel isn't the only one who lives differently here. Lots of people live differently here. They came here from all over the world. Get stuck here.
Because they can live differently here.
Because they fit in this country with its harsh beauty and its lush colors.
Lots of people live differently here. They came here from all over the world.
Some for a while.
Others want to come back after their passing.

I could still have met Sir Patrick Leigh Fermor here. The hero from World War II. The legendary hiker and travel writer. I could have seen him sitting in a café in Kardamili, reading newspapers and smoking and looking at the sea. Even though there's enough sea in his bay in Kalamitsi.

Maybe he would have taken me with him part of the way home toward Kalamitsi. Or even driven me up to Pyrgos out of English politeness.
Not just out of politeness. Out of compassion with the hikers and hitchhikers. He surely would have done that. If he hadn't gotten old in the meantime. If he hadn't suffered from the tunnel vision illness. Seen people as if they were painted by Picasso. With four eyes. One enormously big. And fastened to the right corner of the mouth.

Sir Patrick Fermor. I still could have experienced him. If I hadn't been shy and careless at the same time. And if I hadn't neglected to make an effort to arrange a meeting. Had understood in time that even the great traveler would end his earthly journey.

Sir Patrick Leigh Fermor. Or Paddy. Only recently I learned that he was in a relationship with a Moldavian princess from the House of Cantacuzino and spent some time in Romania before the war.
Sir Patrick must have been a hellion. At least as a young man. Since he was expelled from several schools in England. He considered his lack of restraint a great gift. For which he was very grateful to his parents. The eccentric mother. And the royalist, dutiful father. Because when he went on a geological expedition to India for George V., the King of Britain and Emperor of India, he took his wife with him and left the young Patrick behind with foster parents on a farm.

The schools could not cope with the boy. Nor he with them. As an eighteen-year-old, he dropped everything and went to Constantinople. On foot. Like Orwell. In his backpack: paints, pens, notebooks, sketchpads, English poetry and a volume of poetry by Horaz.
He must have been a hellion.
Otherwise the English Secret Service wouldn't have hired him. As the war broke out. To then let him jump from the sky onto Crete.
Otherwise he would not have organized the partisan resistance there.

Otherwise he wouldn't have succeeded in the kidnapping of General Kreipe of the Wehrmacht. In the middle of the day. In the face of the German officers.

Right here, in rugged Mani, he made his home. Right in the Bay of Kalamitsi. Between Stoupa and Kardamili. He designed the house together with his wife Joan, and partly built it himself. He called it a poetic house. Built for him and for other poets. A poetic house with a view of the sea. And of Taygetos. With its own beach. A much-praised house.

Just here he found the peace to write his books about traveling. And still, at 93, learned to write on the computer.

Paddy and Joan wanted to live differently. Live in Mani. But they didn't want to die there.

Only Bruce wanted that.

Bruce Chatwin. He had often visited Sir Patrick and Joan and fell in love with the area. So much, that he wanted to die here.

He was unsuccessful.

His wife Elizabeth only brought his ashes to Kardamili. They were mixed with the earth at his favorite church, a small Byzantine mountain chapel up above Fermor's house. And doused liberally with retsina.

May the earth rest lightly upon him, Fermor and Elizabeth and Joan sang there. And drank plenty of retsina themselves.

Să le fie țărâna ușoară.

May the earth rest lightly upon all of them.

20. Today, about the Rain

It almost took me by surprise down by the sea.
But even before the actual storm began, even before the downpour began, I was up on my terrace. In my home.
Don't you want to come up? Lisa called out to me through the open window of her car. She was caught briefly in a traffic jam in front of the terrace.

The rain comes suddenly here. With the violence of a natural disaster. The downpour tears down awnings. Spills over streets. The sea floods the beach. Umbrellas roll over the sand. Everything that isn't nailed down flies around. The street up to the villages gets dangerously slippery. Everything with wheels wants to get away from the beach before the rain breaks out.

I drink an elliniko in Leo's ice cream parlor, the street bar opposite the beach. Leo makes good coffee. Has plenty of space on the terrace. A fast Internet connection. And firm opinions on world politics. Plus he lends his customers beach loungers for free. Lots of reasons to frequently relocate my writing desk here.

Leo used to be a police officer. Actually a high-ranking police official. Working for the government's security service. And because he was so close to the politicians, he now thinks he is unbeatably competent regarding world politics. There is no crisis, he says. It's war.

A conspiracy against Greece and the countries in the Mediterranean. And in the Arabic world.

Lisa opens the door to her car. Let's not get caught in the rain. I don't have good tires. I snatch my computer from the table. Pack up fast.
Avrio! I call back to Leo. I'm paying, *avrio!*

As it comes, so it goes. The rain.
As soon as I am up on my terrace the rain is already gone. The sea is immersed in light again. But in the mountains above us the thunder keeps rolling.

21. The Scent of the World

Through the open window the scent of the lemon trees presses inside. Sweet-sour-spicy.
And the scent of melissa. Of verbena. Of oleander. Who says oleander has no aroma!

Heaven has granted us only a short armistice. A breathing space.
The rain falls coolly over the sun-drunk landscape. Draws the powerful scent from the oregano leaves.
The rain has opened Nature's pores. Wiped the dusty region with a wet sponge. Dissolved the dust. Re-brightened the colors. In the dried-out grass. In the trumpet vines. In the angel's trumpets. In the bougainvilleas. In the geraniums. The power of life pulsing in all of them.

The orange tree hangs heavy with fruit. Its leaves are sprinkled with water droplets. In the droplets the light refracts. In every leaf the neighboring leaf is mirrored. The sky. The olive groves. And likely the sea, too.
The orange tree, heavy with water droplets, has lost a couple of oranges. Wet and orphaned they lie on the ground. On the rain-soaked earth.
It rains again and again this summer. And it's cold. I remember one single cold summer day, in the whole fifteen summers. On the day of the solar eclipse. In 1999. On August 11th. Two minutes without sun. Two minutes of darkness. Two minutes of eternity. That suddenly made us feel cold.

The hubbub on the beach was suddenly hushed. Frozen. As if life itself had been petrified. Then the sun came back. And with it warmth and liveliness returned.

The sky lightens up again only briefly. Then it becomes dark gray. And it continues raining. First cheerfully. Bubbling. Then the rain becomes calm. Constant. Viscous. An autumn rain in July.

The rain is multilingual. Multi-tonal. Polyphonic. Falls dully on the terrace's concrete wall. Loud and heavy on the stone wall of the garden.

The rain sounds differently on the ground too. Rain music. I want to write it down. Translate it into notes. I want to write a musical score. To the raindrops on the ground. On the earth. On the great plaster stones. On the mid-sized ones. And on the smaller stones.
The terrain is uneven. Each stone has its own quality. Each drop makes its own sound.

The drops fall with a light sound on the round, blue metal table on the terrace. With a deep, mysterious sound on the wood of the windowpanes. With a dull sound on the edge of the forgotten water glass in the outdoor kitchen. With a bursting sound into the cat's bowl.

The drops fall, bouncing, on the large grape leaves. They burst. Splatter on the countless little leaves of the bougainvillea. In the arrows of the oleander leaves they

hang on for a blink of an eye. Then they melt. Dissolve.
Run along the leaves and the stems.

Suddenly, the rain has let up. The absent noise feigns
tranquility.
Silence. Stillness. Relaxation. The garden breathes out.
The leaves are quiet. For an instant. Until a water drop
loses its balance. Starts to roll. Falls on the next leaf.
And sets everything in motion.
First slowly. Then the tempo changes. Becomes more
and more lively. Reaches its high point just before eve-
ning.

A grasshopper dries its legs. Dries Its body with its legs.
A somersault. And the wetness is transformed. Breaks
up into little scraps of mist. That dissolve in the air.
Locusts. Butterflies. Mosquitoes dry their wings. And
go about their daily business.

Down below on the slope, a kitten meows in the grass.
Its mother stands on the terrace in front of my closed
window. Looks inside curiously.
A small cricket unknown to me. A cricket who doesn't
belong to my household, and many skolikis, the black,
fat earthworms that swarm here mostly in autumn,
have sought asylum in my house. They move over the
walls as if they were out in nature. For them, every-
thing here is nature. And everything their empire.

Whether inside or outside. Whether under a leaf. Un-
der a blossom. Between stones. In cracks in the walls.

In cracks in the floorboards. In window shutters. In corners. Under the roof. In the wooden beams of the ceiling. Or outside on the terrace. In the foliage of the grapes. In the knots and grooves of the knotty wood and the wrinkled skin of the old grapevine. In the apothiki and the dark kamara. Behind the stove of the outdoor kitchen. In the weeds. And everywhere where I would not even think of looking. Everywhere, someone has his home.

The light is back. Surreal. Artificial. Aggressive. But also capricious. Cuts bright surfaces out of things. The oleander flowers vibrate. Sway. Shiver. And the cicadas are singing again. The cicadas. About whom it is said that one can set a clock by them. They stop every evening at nine. Sharp.
I have never verified this.

Slowly a piece of the sky separates itself from the sea. And between the two, the mountains at Koroni rise out of the water. The flattened sun edges through the gaps in the clouds. Scatters shining silver on the sea.

The sea, an unending fish skin, shimmers from its septillions of tiny scales. In each individual one the sky looks for its face.

Then the sky is blue again. The clouds billow white. The bougainvillea's radiance is back. The flax and the oleander are shining. The oranges glow.
The table on the terrace. The concrete floor. Everything

is dry again. Only the cobbled path in the garden is still damp.

The whole courtyard is plastered with oleander leaves and blossoms. With orange trumpet vine blossoms. And everything that the rain has ripped from the trees.
My morning diligence has proven to be overeagerness.
Nature needed neither watering nor sweeping here.
It can exist without me.
But I can't exist without it.
Despite this, I am here on the terrace and rescue the grapes. Solely through my presence. It scares the birds away. And most of the wasps. And foreign locusts. Since my pets don't need to steal. And plunder my harvest. I feed my pets with fruit every day. I deter the spiders with my presence too. They flee to the kitchen. Or the bathroom. But they flee unnecessarily.
I've never done anything to a spider.
The sea is covered with silver coins.
The birds are twittering.
The cicadas are singing.
The grasshoppers are chirping.
The wasps are buzzing.
The kittens are meowing.
A tom cat howls.
Soon the leaves are rustling again.
What is missing from this paradise?

After the rain. A light breeze drifts from the sea.

The night was cool after the rain. Much too cool for this time of year. Even the earthworms in the bathroom have hidden away. Or have curled themselves up. Crimped, I want to write. That word probably doesn't work for earthworms. But I still want to use it. And ask for it to be accepted.
Crimped earthworms. Curled up. Like sleeping cats and dogs.
The summer night was cool. So cool that even an extra blanket was not enough. In the morning the cold was forgotten. Fled.

Insects are like people. They need a home. At least Orestes, the one-legged Peloponnesian warrior. He sat again this morning on the wall over my canopy.

22. Portrait in the Company of Insects I

During the day, I am among people.
In the evening, I return to my pets on the terrace. Sit under the pergola until deep in the night.
Thousands upon thousands of cicadas sing their hypnotic-scratching song. For a short moment at dusk, it seems calm. Shortly thereafter, the crickets start up again. Crickets don't sing in a choir. Crickets are soloists. They don't sing with one another. They sing to one another. Their sounds are smoother. Less monotonous. Crickets are individuals. Individualists. Crickets and grasshoppers. And locusts.

Other insects abound here too. Most get lost in the crowd.

In time, locusts have become less frequent. My Clytemnestra, with only one feeler, I haven't seen in a long time. Or has the missing antenna grown back?

Where is my Clytemnestra. Did she leave me? Where has the time gone, when she strutted over the table. Climbed up and down the water carafe. And sucked my juicy cherry and apricot offerings dry.

The flying ants have disappeared too. Perhaps they really only come when they smell Campari. I'll try that tomorrow.

Spiders are lonely, very busy beings. Today I disturbed a spider. Broke through her fine-spun thread. By mistake. Now I know it was Martha. Martha with the fat round belly. She could have made me aware of her project. But without any notice she lowered herself down on her thread from the grapevine trellis onto my chair. I noticed it too late. And if I had. Should I have had sat there forever? No. Just leave the chair standing there.

A ladybug has landed on my table. At this hour? It's a quarter after ten. Post meridiem. What are ladybugs doing here at this hour. Why aren't they at home?

A buzzing creature approaches me threateningly. Deliberately flies towards me. I defend myself. And even though it has spoiled my Retsina, I feel a sense of schadenfreude. It's a mosquito. And drowned in my glass.

I take everything back. One should love one's enemies. Do I love mosquitoes?

23. Portrait in the Company of Insects II

A small branch falls out of the grapevine onto the keyboard. As I try to take it off, he spreads his wings and flies away. A moth. A nocturnal moth. Because it is dark around me. Only the hanging lamp over the table gives off light. And under the lamp, my monitor. A moth, its wings folded. Folded in. Or rolled up. Like the tobacco leaf of a cigar.

Soon the next moth lands on the table. It flies into my circle of light. Into the circle of my world. He has a bristly head. Long, slender, velvety wings. And feelers protruding from the wings, like fine, short needles.

A moth. A delicate, dusty bronze sculpture. Addicted to light. He sits on the table. Lets me photograph him. Is he trusting. Or frozen in fear?

The moth doesn't move. A giant locust lands on the table. She looks like Clytemnestra. Neither I nor the moth have time to react. The locust opens her mouth. The moth disappears in her devastating masticatory organ. Then she walks cheerfully over the table. With her green head and long green legs. She has no fear. Neither of me, nor of the camera flash. While she digests her prey, she is my model. Whilst no longer feeling like it, she reaches toward the camera with her front legs. Climbs up the lens. Yawns with her mandibles. Wants to bite me.

She's fast. Won't be intimidated. Since I remain firm, unwavering, she hops down. Takes off. Healthy behavior. A healthy animal. She's not missing anything.

24. The Intelligence of My Pets

The one-legged Orestes is already in his room by this time. On the mosquito net. Sometimes, when I wake up at night, I see him in front of my bed. I fear that I might accidentally step on him. He knows, however, how far he can go in regards to my proximity.

Grasshoppers and locusts are intelligent. I can't say that about moths. And even less about cicadas. When they get scared, cicadas fly into a panic. Frozen in its screaming. Endlessly. Like alarm systems. I'm sure that grasshoppers and locusts understand the world.

25. My Toothbrush Belongs to Me

While brushing my teeth, I witness at lots of creatures in the bathroom: beetles, spiders, ants. They are in the world, as am I. A part of the world. My fellow creatures. With the same rights.
People are disgusted by insects. Are insects disgusted by people too?

In the bathroom before going to sleep.
A grasshopper has climbed onto the head of my electric toothbrush. Defies my efforts to shoo it away. I have to use force. It flies into my face. Back onto the head of the toothbrush. Sinks its claws in. Defensively stretches out a leg toward me.
We both have an equal right to be here, I tell him. But the toothbrush belongs to me.
He doesn't give a crap.
Grasshoppers have no respect for private property.
Grasshoppers have their own will.
But so do I.

26. Cat Visit

A triangular face. Triangular ears. The mother cat has oversized eyes and a narrow body.
The cat belonged to old Panagjotis and his wife Maria. Now she belongs to no one. The two of them moved away. Seldom come back to the village.

Everything ends sometime. Maria had said. Everything has its time. Man, too, must die sometime.
Maria has long prepared herself for death. Long and carefully. She has prepared everything necessary. So that death won't surprise her.
One day, she laid down in bed and said to Panagjotis: Now it's time. This is my last day. But death kept her waiting. Panagjotis, who had had enough of waiting one day, had a stroke. Maria still was not ready. And so she, along with Panagjotis, moved to Kalamata to be with their children. They left the cat here.

The mother cat is a hardworking cat. Before, she had lots of work to do. Old Panagjotis gave up his stable. Sold his animals. Even the rats had to move away. No food for them. Only natural foes left, far and wide. And so life became difficult for the mother cat and her children. And for the roving orange tomcat. Who is maybe her lover. Or her elder son.

In summer, cats hunt locusts, birds, field mice. In winter they eat olives. The ones left lying on the ground.

Untreated olives are bitter. Do cats taste the bitter compounds. Or does the bitterness numb their sense of taste?

27. Agave Kraken

My daily watering enthusiasm does not extend to the terrace agave in its pot. I haven't built up a relationship with it yet. I am afraid of the house-high agave behind the bathhouse.

28. Ode to the Agave Kraken

In front of the entryway grows an agave.
As tall as the house.
Its fleshy arms dark-blue-silver-green.
At night it is a giant kraken. Frozen in its tentacle dance.
Its thorns are claws.
Whoever goes past it speaks more quietly.
Admiring and shuddering.
The agave kraken grows and spreads out.
It is preparing itself.
For a hundred years.
From its heart, one blossom will arise.
Everyone is waiting for it.
They will celebrate the day of its blossoming.
The one.

29. Sunset

Out of the mist the houses return to the valley.
The olive groves too.
The sun moves westward.
It edges, scarcely noticeable, to the sea. Changes its
colors.
The heart of the sun is pulsing.
Casts a bloody image into the sea.
Slips ever faster behind the mountains on Koroni.
Today, forever.
Forever will the sun set today.

30. Terrace Safari

A millipede. It wanders around under the table, on the gray concrete floor of the terrace. Hardly distinguishable in color. I only see it because I'm looking directly at the floor. At the mother cat under the table.

I have enticed the mother cat here with bread. With dry, brown bread from Carinthia. Someone left it here for me. She seems to like the dry bread. With it, I can draw her ever closer. She nabs it quickly.
Runs away. Eats it in peace.
Then she comes back.
She eats the bread greedily. As if it were a mouse.
She smacks and purrs. And coos.
And she makes me hungry for dry bread.
And I eat one of the cat's pieces myself.

31. Every Sunset Is Different

Today the sun isn't turning red before the sunset. The reflection of the sun on the sea changes gently from silver to gold.
It is just shortly after eight, and the cicadas have already finished their song.
I'm going to complain.

32. Heart Jump

As I'm sweeping the indoor winter kitchen, my breath suddenly falters. Two back legs are lying on the floor. Locust legs.
The slim, little feet with its sticky threads. The tender tibias and the jumping-strong thighs. Ripped from the body. A battle happened here.
Was Orestes there?
Who was his opponent?

Soon I can breathe again. Forget my worries.
Outside, in the summer kitchen, while washing up, I see Orestes, limping along the wooden slats on the wall on his healthy back leg.

Maybe I should name him Pericles rather than Orestes. Perhaps the Battle of Salamis took place here. Between cats and locusts. The number of dead and injured is unknown. There is no doubt as to the winner and the loser.

33. Basic Hunger

The mother cat's hunger is hard to satisfy. Basic Hunger. Basic anxiety about hunger. But today I was in Kardamili. Brought her lots back from the meze. Leftover bits of meat. Pieces of fat. Fries. Half of a tiropitakia. A piece of fried feta. Fried onion rings. The heads of grilled sardines. A decent portion. Even Large donations from my table companions. On top of everything, a couple of pieces of bread from my precious Carinthian loaf.
She ate everything up. Completely.
Even the last piece of bread.
But why did she leave the back legs?
Around evening she was hungry again.

34. Driftwood

Today I played it by ear! I was in Kardamili. By chance. I live for the moment, I said to Susan and Alan. Alan speaks German. And said: to live in the moment. You can say that in English as well.
But how do you say that in Romanian?

I've just met Alan and Susan. It was around midday. Hardly any traffic on the country road. I had already been standing there a while. No one was coming for me to wave at. Patiently, I stayed in my spot and kept on waiting. Took *One Hundred Years of Solitude* out of my backpack. Then finally a car came.
We are going to Kardamili. Where shall we drop you? Or would you like to come with us?
At first, we parted ways in Kardamili. We made a date for a *pikilia* on the terrace just next to the parking lot.

Kardamili is full of small shops. Compared to Stoupa it's a shopping mile. I suddenly fell into a shopping frenzy. Roamed through the shops. Looked and touched. Compared and tested.
In the end I acquired a fine wooden whirligig and a precious ring. A precious ring for five euros.

Through skill and with taste. A snail shell had been cut and sanded down into a ring.
The price was much too low. Shamefully low. I bought the ring anyway.

35. Is That Betrayal?

I have a weakness for geckos.
I haven't yet made a connection with the gecko under
the roof by the fireplace.
Possibly out of solidarity with Orestes and Clytemnes-
tra.
But do little geckos eat big locusts?
Or is it the other way around?

36. It Doesn't Take a Lot to Be Clever

It's two o'clock at night. I can't sleep. I drink a glass of cold milk in the kitchen. Three spiderwebs stretch in the corner above the refrigerator. Close to each other. A little butterfly appears. A moth. It flies along the wall. Its flight slaloms around directly over the threads of the webs. The spider. No, it's not Martha! Martha is fat and black. This spider has a small body and very long legs. Looks like a parachute. As it notices its victim, it flinches. Withdraws. Ready for the ambush.

The moth avoids all the traps. Not just once. As though it's fun to provoke the spider.

The moth has survived all its rounds of flight.
I take it all back. Insects are intelligent.
All insects.
Even the smallest.
We just don't see it.

37. Temporary Homecoming

Life in Mani changes slowly. Whoever wants it faster. Whoever wants to earn more, goes to Kalamata.
For whom that is still too slow goes to Athens. The fully impatient and desperate go abroad. From Europe to Australia.
Not to mention America.
No one goes to Africa.

Wherever life takes the Maniots, once a year they return. Each to his home village. To his city. They come back. And bring their children with them. The foreign-born. They, too, should be Greek.

On 15th August, the neighborhood overflows with Greeks and world-Greeks. For the Feast of the Assumption. To Panigyri.
It's the same in Pyrgos.
The quiet village is suddenly overpopulated. The tables in the kafenion are no longer enough. The platia is choked with cars. The village street is one single parking place. And the night turns into day.

In Panigyri, the village is adorned: suns, wheels of life, flowers, waves, sun rays, spirals. Signs of local life and of universal life stand in white chalk on gates, doors, fences, and on the floor. Life in its origins, captured in symbols. For the uninitiated, mere decorations.

P.S.
I'm not sure whether the spiral patterns imitate snail shells. Or rolled-up skouliki.
A skouliki clings to the wall of the house. Rolled up. A black spiral on a white background. The others have disappeared. They like wet and cooler weather.
With the autumn rain, the black skouliki climb up the white walls. Rolled up, they cling there for hours. Their strange beauty makes me shudder.
The world belongs to skouliki as well.
How I would like to also like skouliki.

38. I Eat Cherries and Look at the Sea

The battles of the Peloponnesian War are a long way from being over.

Thereby I'm not thinking about my battles with the mosquitos. From which I always ended up with completely punctured skin. The opponents hardly suffered any losses.

The Peloponnesian War continues.

I eat cherries. In the morning on the terrace and look at the sea.

I eat cherries. Dark red. Almost black, sweet, firm cherries. Stone cherries, they're called in Romania. In Germany, *Knupperkirschen*. Whatever *Knupper* means.

I eat cherries and look at the sea. Suddenly I have the feeling that I have to turn around and look at the terrace. A bitter war is being waged. Between Orestes and a wasp.

Orestes was basking in the sun. Or looking at the landscape. He was sitting on the edge of a plate that stood vertically in the dish rack. A wasp flew in.

Does she want to sting him. Suck him dry! I don't think so. From day to day Orestes becomes weaker. More colorless. More parched. That doesn't seem to be important to the wasp. Rather the compliance with the hierarchy. No one is permitted to sit higher than she.

The wasp flies at Orestes. Wants to knock him off the edge of the plate. Orestes clings tightly to the plate with his front legs. With his remaining back leg he kicks at the wasp. The wasp keeps trying. With renewed momentum and greater power she tries to get near Orestes. Orestes keeps getting paler. It seems to me that his power is dwindling. Yet Orestes keeps flailing about with his leg. Keeps the wasp away.

The wasp gives up.

Shortly thereafter also Orestes. He climbs from the plate and settles in near the dishes in the drying rack.

As a victory celebration, I offer Orestes half a cherry. He benevolently accepts it.

39. Risk of Confusion

Clytemnestra is back.
She is maimed too. She is also missing a leg.
Are there locust prostheses?
Do locusts grow their legs back?
There are locusts and locusts! Some kinds of locusts
have it better. They even have wings.

What a relief! That isn't Clytemnestra! This locust has
two feelers. It's just missing a jumping leg.
Is it Agamemnon?
Like a paparazzo, I stalk him with my camera. Shoot
from all sides. Agamemnon becomes an intemperate
star. He attacks me. Jumps in my face. I hardly have
any time to protect myself.
Nobody should believe that I wasn't startled.
Nonetheless, like every paparazzo, I continue. It's not a
job. It's an obsession.

Agamemnon has escaped from me into the roof
beams. He is nowhere to be seen. Who knows who
else lives here. Does not pay rent. Won't even at least
stand as a model in a couple pictures for me!

40. Betrayal or Responsibility

Orestes is currently sunning himself on the terrace wall. Is that good for him? I worry that he's forgetting himself there. Falling asleep. And drying out.
Should I intervene. Startle him. Force him to do his best?
Should I nudge the war victim into the room?
locusts like to eat natural fibers. For a moment I think of my red linen dress. It's lying on the back of a chair.

I'm going to the sea now. Leave him to his destiny.

41. Where Is Orestes Hiding?

Odd.
Worrisome.
Since yesterday I haven't seen Orestes anymore.
Neither inside. Nor outside.
The next day, I lament my loss to Daniel.
Do you want a replacement, he asks. I want to get rid of them.
I am at war with the damn things.
You'll never win this war, I say. Only with heavy artillery. With chemicals.
You can only lose this war.

42. The End of Summer

I'd like to write about sunsets. But how can one possibly describe all that happens in a single day? How can one grasp everything? All at the same time. How can one seize the sunset? And the transformations of the sea. Of the sky. Of noises in the air. Of sounds from the village. Of sea scents. Of smells from olive groves. From the grass. And those from the garden. From the village.

How can one seize all this? The entire world within the garden. And the one outside. In the village. In the town by the sea. On the shore. In voyages.

How can one seize, capture, understand, express all this in a single day? The day's too short. And soon night arrives with its own world. The world of dreams. The world within myself.

One day is far too short.

And life?

43. The Power of Silence

Silence is beneficial.
I am here to be silent.
At least for a while.
Silence feels good.
I nourish myself from my silence.
Sometimes I speak with my pets.
If I want to speak to people, I leave the house.
I go to the kafenion.
Or to the sea.

44. Silence Is Balance, Talking Is Joy

Whilst hitchhiking one gets easily into a conversation. If a car has pulled up, one is also approved. Accepted. Included. In the circle of passengers. In the community of fellow travelers. At least for the time of the journey.

Closeness is formed. I am allowed to ask questions. And I will be questioned.

Mostly they're the ordinary questions. What else. Who would go at it like a bull at the gate and ask right away about outlooks on life. About life plans. Or even political views. Who would immediately start asking philosophical questions!

And yet sometimes one gets philosophical answers.

Each journey is an open door into the world of a stranger.

Each day offers glimpses into new life stories. I've hardly even sat down beside Eleni in the car before I learn that she works in the Bläuel factory in Pyrgos. In quality control for olive oil. A young woman. Short, black hair. Slender. Petite. And at the same time, radiating strength.

I have work! Yes, nowadays that's not a matter of course. Says Eleni.

I look at her hands on the steering wheel. At her wedding ring. She notices my gaze. Says, yes, yes, but no kids yet!

But soon, she says. No kids, that's something she can't

imagine at all. Same with her husband. Crisis or no crisis, there have to be kids. Otherwise all this drudgery is for nothing. She lives in Agios Nikolaos. Without a car she wouldn't be able to get to work.

The route to the sea, ten minutes. Even less. Full of concentration. Intense exchanging of glances. Presenting oneself. Gauging. Judging. Sometimes prejudging too hastily. Sometimes condemning. Mostly, though, the wish to confide in the stranger. To identify the stranger. Who is my companion? How much can I rely on him?

One meets twice in life, says Eleni.
I get out at the crossing, on the way that leads to the sea.
Eleni goes on her way.

45. Sappho from the Mainland

The crisis didn't just come out of the blue. Says Eirini. One knew for a long time that it was coming. But people kept spending money too hastily. Money they didn't have. Some had four cars. Why would a person need four cars.

Eirini is an interior designer. Without work in her field. Like most trained people in this country. She would have to go abroad. Gather experience. Continue studying. But she doesn't want to live anywhere where there's no sea. Where she can't see the sea at all times. For her, a life without a view of the sea is not worth living.

Eirini is a competent and successful woman. Her shop is on the Promenade. Every free minute, Eirini takes a view of the sea
Eirini is around thirty. Sturdily built. Energetic. Man's haircut, with a long, thin braid. The braid swings continuously. Because Eirini always has to be in motion and looking every which way. Back into the kitchen. To the right at the pizza oven. To the left and out front at the customers in the shop.
Yes, it's her pizza shop. She's run it for four years. Was she ever afraid? Ohi. Not one little bit. She has the only wood-burning oven for miles. In the area of Areopolis, Githion to Kalamata and beyond. She knew exactly what she was doing when she set up the shop.

What's more, she knows what she needs to run such a business. She has experience. From her father's taverna.

Eirini works a lot. The shop is open until five o'clock in the morning. Every day. Her brother takes the late shift.
Holidays? Maybe in winter. But then there is the olive harvest.
Her dream? Time to travel. And time for poetry. Reading poetry. Writing poetry.
She's already written a volume of poetry. Her eyes sparkle as she says it.
She wants to do everything on her holidays. Everything at once, she says, and laughs.
But writing most of all.
Maybe that's still to come. Maybe at her friend Corina's home in the village up above. In Pyrgos.
This time I laugh, because I live in Pyrgos and have traveled with Corina several times.

46. My Friend Palomena V.

Every day, new visitors emerge.
Arriving this evening at the table:
A bright green beetle.
A ladybug.
And a rust-colored beetle. With a slender, long body
and narrow wings.
That finds misfortune in my wineglass. And still looks
beautiful there.

Still beautiful in its misfortune.
With its outspread wings.
Pink.
Relaxed in death.
In the dark red of the wine.

Clytemnestra is missing. Orestes is already in bed.
But one other wingless locust is there. With raised
hindquarters, it moves forward on the tabletop. The
upper body slides along the surface. Its impressive
jaws feels its way towards a raffia table mat. Like a
hunting dog sniffing for wild game.

A beetle, flat and the colour of fistiki, struts over my
notebook. A bright light-green, tender creature. As
though made of silk. Palomena.
Palomena viridissima. What a beautiful name! For the
hated green stink bug.

Palomena takes off. Lets herself fall. On the laptop. Flies up to the lamp. Falls onto the table. Lies on her back. With my help she climbs up my water glass. To take wing anew. She likes my computer. She lets herself fall onto the keyboard again and again. Climbs on the edge of the screen. Scurries along it. Flies up again. To what conclusion comes a beetle that measures out my laptop with quick little three-pair steps?

47. Yearning for Crisis?

The Greeks are the originators of tragedy.
The tragedy of antiquity.
We have to make sacrifices. I hear them saying today.
Crises in life are good. Indispensable, even.
One shouldn't avoid a crisis in one's path.
Only like this will we develop further. Renew. Only like this can humans reach the essential.
At least three times, I've heard this claim. Is it self-deception. Self-protection. Self-suggestion. Self-motivation?

Who writes when things are going well for him. Says Eirini. And looks at me challengingly.

Eirini. Christina. And Stavros. And many others.
They say:
The crisis is good for Greece. Greece will develop further. Surpass itself.
They look up at me and ask: From Germany? And how do you live there, without a crisis?

48. The Eternal Perikles

This morning, Perikles appears in the village.
He quickly opens the tailgate of his car. Pulls out a
crate. Lifts the lid. And underneath lies the pig. Well!
Half pig. On a bed of coarse sea salt and oregano.
Everything with legs comes running. Awoken by the
car horn. Attracted by the scent of the roasted animal.

Every Saturday, they get together this way on the pla-
tia. And then sit in Jorgo's kafenion. With a piece of
pork wrapped in brown paper. Waiting for the veg-
etable car together. For the car with household goods.
With bread. For the car with fresh fish.
Some take a small eliniko gliko. Some just wait.

Even Perikles II, Jorgo's dog, waits. On Saturdays, he
gets a few good pieces out of it, too.
I wait for no one. I want to go to the sea. And this time
I travel with the giant Perikles.
With Perikles and the leftover quarter of the pig.

The facial features of heroes are similar throughout
the ages. Perikles looks like a Greek from a picture
book. A picture book about antiquity.
I ask where he lives. In Kariovouli, he says.
For the past fifty years, already. My whole family
comes from there. For centuries.

49. Do You Know Fukuoka?

I'm supposed to look at a room in Stoupa. A room to rent long-term. No view of the sea, but cheap. If one rents it at least six months. A room with one of the countless Stavroses around here. With Stavros from Caliope.

The idea comes from Leo, the policeman, and his wife Nancy. Naturally, Nancy is only called Nancy for the tourists.
Nancy absolutely wants me as a neighbor next summer. Or does she just want to do Stavros a favor?
Leo and Nancy live with Stavros in the summer. In the high season. They rent the rooms for the whole year, though. Because it's cheaper.

Stavros picks me up. I don't know Stavros. We've never met, in all these years.
You hitchhike every day? I won't allow it. I'll drive you! says Stavros. Says it before we've even really started talking. I'll help. I like helping people, he says.
I think of Stavros, of Eirini, of Mimis. Of many others. They all like to help. And I actually believe most of them, too.

Do you know Fukuoka, asks Stavros, as we enter his garden.
Of course, but how did we get to Fukuoka?
My garden, he says. I'm growing it using his method.

I haven't had a garden for the longest time, but perma-
culture is still one of my favorite topics.
A good starting point for a business meeting.

The location of the house is not bad. By foot, it's only a
few minutes to the sea.
But a room without a sea view.
For me, such a thing is out of the question.
Stavros still drives me back up that evening. We drink
another ouzo together in the small kafenion up in the
village. As though we've closed a good business deal
together.

50. Beloved Music I

I believe the Greeks here have ordered a heat wave from their God. So that the whole world, from Athens or wherever else, will flock to the sea.

Because of the heat, I spare myself my extended morning ritual on the terrace. So that I can get to the sea early enough. Before the siesta.
I'm afraid that no one will drive down today. Hardly anyone can be seen in the village. Everyone is holed up in the shade behind the closed window shutters and doors. Who's willingly going to defy the heat. Only tourists!

I'm in luck. Just now I put out a water bowl, for the dog. The mangy one. Who was banned from the village. Then, I hear a car coming. Papanikos waves at me. The holy father from Saidona. With his wide smile. His two hundred kilos. His cassock flecked with the remains of food.
From his fleshy face, his eyes laugh. We greet each other like old friends. Papa laments his bad English, again and again. And I, my deficient Greek.

With loud music from the memory stick. With open windows and waving cassock, we zoom down the mountain. A car coming the other way drives past us. Papanikos gestures excitedly. And repeats a couple times: *O adelfos mou!* My brother. This was my brother.

I hadn't noticed the brother. I couldn't see whether he, too, belongs to the family of behemoths.

It's unbearably hot. Still, Papanikos has lots to do. Not just baptisms, weddings, funeral masses. But rather the saints' and martyrs' birthdays, too, have Papanikos drenched in sweat all summer long.

Today is the feast of Saint Paraskevi. Papanikos is en route to Kardamili. There, he is visiting an old woman with the name of Paraskevi. Perhaps for the last time. On the way, he stops in front of the little shop in Neohori. I stay in the car with Credence Clearwater Revival.
As a sign of our friendship, I get a bukali nero, a bottle of ice-cold water. And a popsicle.
This time the oldies are up, says Papa. I listen to them over and over. Until I've had enough.
Do I want to come with him to Kardamili?
I think about it for a moment. The oppressive heat in the tight space and my bad Greek keep me from it.

Come what may, Papanikos is my friend.
Another day, Papanikos drives up to Kastania. When he sees me waiting, he turns around and drives me to the sea. As always, with open windows and the sound turned up. From rare, unknown bands of the seventies. Papanikos is always in a good mood. Is there another saint's day happening? No, he says, only readings from the Holy Scriptures. For those in need of comfort in the surrounding villages. Who pay for it.

Each day brings Papanikos income. Each day, his flock calls for him. It's a good parish. It even forgives him his love of hard rock.

51. Beloved Music II

Day by day, Helios gets up earlier. His morning greeting becomes ever hotter and more ruthless. I leave the village ever earlier. Before the heat becomes unbearable.

In the evening, I come back late. My backpack seems to become heavier every day. And I curse my enthusiasm for working over the holidays. Computer, charger, recorder, microphone, manuscript and wet bathing gear. Contorted under the weight, I schlep the two kilometers up to the crossing.

Hardly am I there when a small delivery vehicle stops. Neohori? asks the driver. I get in anyway. At least half of the way. The driver, in his fifties, with white hair and a youthful gaze, seems immersed in his music. Melancholic music. *Poli orea*, I say. *Poli kala musica*. He turns up the player. We drive up the mountain. The music flows into the landscape. Cloaks it. With every bend, the sea appears. The sun burns. Mirrors itself, fiery, on the surface of the water. Then slides ever deeper.
The sun doesn't fall into the water. No. It falls behind the monstrous, dark mountain. Which rises out of the water, across from us. I express my appreciation for the music. It is extraordinary. Giorgios Xylouris, says the man. He plays with Ross Daly. An Irishman, who lives on Kriti.

I write Xylouris on my hand. I admire the fiery spectacle over the sea. And listen to the music, spellbound. The man looks at the time: I have a minute to spare. I'll take you a little bit further. He brings me to the entry of my village.

52. Summer Friday in the Village

Over noon, one hears the rustling of the leaves more clearly. Because the village is quiet. The animals have hidden themselves away. Most insects too.
The sun has free rein to singe the landscape. The sun has free reign to heat up the stones of the village houses. The walls radiate the heat back. And the air one breathes burns in the nose.

In the interior of the houses. Behind the wooden shutters. Behind the thick stone walls, the air is bearable. The village people escape there. Every noon. Until the late afternoon. The streets are empty. The church, deserted. The stores, closed. What goes on behind the closed shutters?

A shrill voice breaks into the lunchtime quiet. It is coming from a loudspeaker. A car crawls up, from one bend to another. A woman's voice rips wounds into the quiet of the early afternoon. In Greek and English, she announces the Sardine Festival. That evening, in the small harbor of Agios Nikolaos. The screeching voice destroys the balance of the surroundings. A frightened bird flies into the grapevine of the pergola. Gets tangled in its tendrils.
A scarab loses its way. Plunks onto its back on the table surface. Stunned, its little legs in the air.
The kittens are also startled. Then, they creep back under their mother's belly. Suck on her teats and go back

to sleep. Dream of sardines. And future festivals.

After a while, the paralyzing sluggishness of the afternoon has returned. The wasps have withdrawn. The locusts.

Only the diligent ants are still going. They need no midday rest.

The cicadas stubbornly ring on.

Ants and flies. Giant flies. They assume control of the terrace. Buzz in swarms. Stick to one's skin. Bite. Herald the rain.

The screaming from the loudspeaker brought the scarab out of its equilibrium. Forever. It falls on its back again. On the terrace wall. Searches the air with its legs. Wants to turn over. Squirms and wiggles. Gets close to the edge. Falls into the depths. Shortly thereafter I hear its humming in the grapevine. Then it falls again. Into the abyss. Finds its way back. And everything begins anew.

Until its determination is extinguished.

Until its strength dwindles.

For good.

Goodbye, beautiful beetle with your glowing wings. Shimmering dark green.

53. The Fool in Me, the Fool to Me

The sun is getting ready to set. The wasps are back. More numerous and more threatening than before. They have a foolish crush on me. This expression surprises me. Waylays me. I have never used it before. I use it. Without really understanding it.

The wasps. They have a foolish crush on me. They lunge at me. I remain calm. I know that is the best defense.
No war with the wasps!

I have become part of the landscape. For the insects, I belong to their world.

Greek flies are clever. They recognize dangers. I struck one giant fly dead. Then all the rest were suddenly gone.

54. The Day of the Karamanis Clan

Today is Tuesday. And the bells ring in the early morning.
A death. Or a holiday.
I carry the trash away. I wash the laundry and make foam. One shouldn't do any of that. On holidays. Says the local church.
I hang the laundry up and go to the kafenion. Order an elliniko.
People are pouring from the church. Bread in their hands.
A woman sits down beside me and gives me a piece. The bread has nicely risen. Aromatic. Yellow from olive oil. With sesame and a hint of anise.
Athos. Consecrated bread. For believers. On Saint Sotiris Day. Consecrated bread for the well-being of the living and the dead of the Karamanis clan.

The Karamanises, living in three villages, used to emigrate to America. The men. The women stayed here. Only a few were fetched later. If the men couldn't find better brides in the foreign land.
The women stayed here and sent their children over. By boat. One doesn't do things like that anymore. Today one no longer lets children strike out alone in the world. Today the children are supposed to stay here. And study. So that something will become of them here. That's what the head of the Karamanis clan says. A stately, old man.

He has sat down with us and directs his attention at me. At that time, we still came to America alone. Without parents and relatives. Despite all of that, we did make something of ourselves, he says. Lawyers, doctors, teachers. Our fathers worked hard for America.

Everyone went to Detroit. By the thousands. From the surrounding villages. Now they come back. The old folks. With good pensions. The young stay there. Nothing good awaits them here.

We went to America. Because America opened the border back then, says the old, stately gentleman. Today, our young people are going to Germany. To England. The EU. No future for them here!

Elaine, the woman with the bread, is also a Karamanis. She says: I am a Greek-American. But my children are Americans. Because they were born there in the second generation. I was also born there. But to Greek parents. Still, I always said I am an American. So I wouldn't get teased in school.

People are teased here, too, says Petros Karamanis, one of the returnees. My children were in about fifth grade when we came back. And everyone laughed at them. Called them names. Dumb Americans. Illiterates. Because they couldn't read and write in Greek. They had to go to first grade.

But after that we showed them. They were the best in the class. And I was even mayor for a while. Almost every Greek from the area, or one of his close kin, has emigrated.

Elaine's father, the old gentleman with the fine features, was in the army. There, he could go to university. Became a lawyer. Later, he went into the entertainment industry. Band manager. No, no. No Greek music. No Sirtakis and Kalamatianos. My children all studied at university, he says. Elaine, too, has a degree in management.

The old Karamanis is proud of his clan. He asks me to join him in the kafenion. There, a large picture is hanging. He, as a child, with his classmates. The village boasts about him. Even his mother has a place, as a small picture stuck in the corner of the picture frame. The mother of the village hero.

The Karamanis family used to be bitterly poor. These days, a Karamanis is the pride of his village.
Saint Sotiris protects the Karamanis clan. And every day on his day, we come here, from all over the world. And express our thanks. That is our vow.

Today's mass was held by two priests. By Papanikos. And the old priest. Who served the Greek community in America. And, back in the old hometown, has retired. As the Karamanises leave the kafenion, the mood is divided. Some people from the village will never talk to me again.

55. Cloudy Summer View

In the morning, the mountains of Koroni across the way have disappeared. As though the sea has engulfed them.
Only slowly the sea lets go of them again.
The haze becomes ever more transparent.
It doesn't disappear completely.
Only in late autumn.
Only in winter.
Only then the view is clear, and one can clearly see the other finger of the Peloponnesians.

56. Cat Teachings

Yesterday, the mother cat waited with her four kittens on the windowsill.

This morning, they all are already waiting on the doorstep.

They demand their breakfast. I give them bread and milk.

Usually the mother lets her kittens have the food first. Sometimes even leaves it to them entirely.

Today, the mother shoos the little ones away with a hiss. Today, she clips every kitten round the ear, left and right, and eats everything herself.

I would love to know what lesson she's giving them today.

57. The Doubt of the Returnees

Someone who has a good pension and a whole clan around him may enjoy returning.
Mimis lives alone in his Mani tower.
Maybe it was a mistake. Maybe I should have stayed abroad after all. In Germany. Or in America.

Mimis' family had no money to pay for university.
But he saw to his own education. And used every possibility for it. He went to sea. After a time he could have studied. But everything went differently. First he had to go into the army. For two years. Then Porsche was looking for employees, and he went to Germany for eight years. Later he moved on to America. Why America? He didn't want to have a boss. Wanted to be self-employed. He was not allowed to do that as a Greek in Germany at the time. Only with a German wife. Or a silent partner. America had opened the gates. It needed people like me. I preferred to go to America.

Mimis founded a small company. A painting and decorating company. Business was good. In the summer the firm had hundreds of employees. In the winter it reduced its numbers. And he could travel.
Then his wife died. And he had a falling-out with his partner. Nothing could hold him back any longer. He took his share and came back to his homeland. Looked for a house. A house with a view of the sea.

Mimis came back thirty years ago. Back to Greece. He found a small paradise in Mani.

Today, he is no longer sure whether that wasn't a mistake. I am no Maniot, he says. I come from Sparti. Since antiquity, nothing has changed here.

For the people here, I'm a foreigner.

In America, everyone was a foreigner.

58. On the Terrace Battlefield, Banners Wave

I

Many events on the terrace and in the garden are hidden from me.

Only the aftermath. The traces. The remains of the battles are sometimes visible.

As I come home today, a small army with waving flags is moving over the plastered path in the garden. Ants busily carry bird feathers over the large bumps. They carry them straight upright. Bird feathers.
Where to! Why!
So many feathers!
The feathers are gray-blue, like the ground.
This victory of the cats over the birds would have escaped me, were it not for the ants.

Gruesome battles take place in my absence.
I carry my breakfast to the terrace. Behind my chair lies a piece of twine, thick as my finger, on the floor. I'd attached it to the chair a few days before. A toy for the young cats.

I put the tray on the table. Out of the corners of my eyes I notice the rope. It seems that the cats have ripped it off. Now it is completely overrun with ants.
An ant street is forming. Between the rope, the terrace railing, and beyond. Hundreds of the small, restless beings are hurrying back and forth. To the rope. And away from the rope. Their route is long. It leads over

the railing onto the gnarled branch of the old grape-
vine. And on from there. Contorted and concealed.
Into a kingdom that I can't explore.
As I look closer, the rope is a piece of a snake. Head
and front end have disappeared. The rest is half a me-
ter long.
Where is the head?
And how long was this animal?

The ants don't care about my questions. They come
and go. For many hours. A few days.
The skin of the snake has already been stripped off.
In the sun, a see-through hull is shining. As if made
from plastic. The filigree of the vertebrae shine within
it. The lace of the ribs.
The ants needed three days and three nights. Then the
rope body has disappeared.

At first, the skeleton stays, clean and shining, in the
sun. Then it's gone, too. The ants worked tirelessly.
Dissolved it. Transformed it into dust. And carried it
away. Grain by grain.
Nothing is wasted. Everything is processed. Utilized.
Used. Ruminated. Excreted. And integrated anew into
the eternal, endless cycle.

II

I am on the terrace the whole morning. No trace of the
lizard. Did I overlook it? Did I miss it? Or did it fall in
the Peloponnesian War?
In the newspaper, I read that Obama cannot disengage

the country out of the wartime state of mind. Is there a wartime state of mind in nature?

The wars here are waged for food. It's about pure survival. From one generation to the next. From one day to the next. From one year to the next. It's about reproduction. Continued existence in the world. And the goal of not being wiped out.

59. And I, Why Do I Murder?

An ant is climbing on my laptop. Running over my keyboard.
I shoo it away. Fear that it will wander inside the laptop. Get buried inside. Damage my laptop.
I blow. I nudge. It keeps coming back. I grab it.
I am afraid it won't survive my attack.
(I murder every day.)

60. Saturday Again

It is Saturday, shortly after noon.
And a rich Greek comes out of his grand gate. With a roaring device in his hand, he blows the street in front of his house deafeningly clean. The house stands apart. Hidden behind a crag. Sideways from the entrance to the mountain village. Where besides him, only rock, dust, olives, and insects live.

By now, I know better.
An Albanian dusts off the landscape in front of the gates. In front of the stainless steel gates of a rich Greek, who's probably having guests this evening.
The noise rages on. Shakes mountain and valley. Awakens the boring afternoon from its slumber.
The blower has hardly fallen silent; birds can then be heard. The wind. Now and again, the passing of a car. Then the peace of Saturday afternoon gently drapes itself over the area like dust.
Only near evening will it whirl up again.

In the evening the village is a public stage. On which it gets quite lively. Different scenes. Different characters. My neighbors above me on the slope cannot be overheard. They live loudly. No, they live outside. In public. In the public of their terrace in the middle of the village.
My neighbors live loudly. Especially this evening. They have visitors. They speak, laugh, sing. It can be heard

it in the whole lower part of the village. They talk so loudly that I could understand every word. But I only recognize individual words. Suddenly they're talking about *Nea Dimokratia*. And they lower their voices. Then it starts up again.

Their sounds tumbles down the slope and rolls over my garden.

My neighbors live loudly. They don't notice it. They live on their terrace, just like I do.

61. Nocturnal Visit

A sharp burning pain wakes me up. The back of my left hand feels stung by a hundred searing needles. I switch on the light. Look at the red spot. It grows swollen under my stare. Worse than a normal mosquito bite.
I sit up. I reach for some ointment. Search in vain for the guilty culprit. Then lie down once more.

The same pain wakes me up again. This time in my arm. Once more, when I switch on the light, no one can be seen in the room.
On the third time, I stand up. Ransack my bed. Shake the pillows. Rattle the mosquito net. With unimaginable speed and wavelike motions, a black creature scurries under the bed sheet. Leaves behind a foul smell. A millipede.
I rummage through my bed. On the opposite wall, a gecko darts back to its hiding place. I beg him for help.

I only fall asleep again around dawn.
During the day, the garden plants brush against me. Whenever I walk past. I'm startled. And a shudder runs along my spine. Until now, I never noticed how overgrown the garden has become.
At the bottom of the garden, the oleander arches across the path to the bathhouse. Already the geraniums occupy half the outdoor kitchen. The flowers of blue flax, which until now had only conquered the garden wall, are marching over the path. Towards the opposite wall.

Their advance crushes everything in their way. Between stones and holes in the wall, they push up towards the light. Shove stones aside.

I undertake drastic measures. With the garden sheers, I bring an end to this orgy of plants. I straighten out the wilderness. Until an enchanted and manageable garden emerges from the jungle.
And no more plants approach me.

62. The World's Navel at the Sea

There's lots to see on the terrace.
There's lots to see in the world.
The center of the world is here.
Directly here, where I am.

The world is everywhere. But I'm not always aware of that.
The world is everywhere. Sometimes I don't notice it like that.
The world is everywhere. I don't recognize it. And then I yearn for the world.
I have wanderlust.
I yearn for myself.

Everywhere, I search for myself.
In the world of the terrace. And outside. In the unending expanse of the sea. En route. In every individual person I meet. And in the mass of people at the beach.

The people at the beach. Nameless. Faceless. That's how I've seen them. A compact mass. Which I've ignored.
My gaze jumped over them. And rested on the sea. The mass of people was a dark, a disruptive blot on the landscape.
The blot hinders me from seeing beauty. And experiencing the expanse and graciousness of the world.

One day, I lay on a lounger on the overpopulated beach. Looked at the sea. A ship passed close to the shore. Through binoculars, someone was looking at the throng on the beach.

Looked at us.

Looked at me.

I curiously looked back.

On the ship were many people. But only one with binoculars. And he looked at us. At each individual one of us. Noticed each of us. And waved at us.

It was a child. A child at heart.

Who didn't want to overlook anyone. Who had room enough in himself for everything he didn't know. Who found room in himself for every one of us.

And identified himself in us.

In each one of us.

And waved.

And I saw myself. Through his gaze.

And I also saw the others on the beach.

Each one. Each unique.

63. Life Is Everywhere

Early in the morning, the coveted beach loungers in the first row are free for taking.

Sometimes I want to lie in the sand. Feel the ground underneath me. The connection to the dark powers of the earth.

Sometimes I prefer the lounger. As if I could thus float over the earth. Connect myself to the clouds in the sky.

Today I choose a lounger.

An English woman claims the next two places in the front row with towels. She smiles, satisfied. Waves to her husband. George, she chirps, Come here, darling! But George had already found two free loungers in the second row. He points to his places and waves back.

The woman keeps waving at her choice. So does he. Unbelievable! Always the same thing, grumbles the woman. Traces of her former beauty are stiffening in her face.

In the meantime George has spread out his towel on the lounger. And laid down on it himself. She shrugs her shoulders. Unbelievable. Unbelievable! Collects her things. Then she leaves, slowly. Dragging her feet. Her back a little hunched. Into the second row.

Both are overweight. Their discontent and their unhappiness have piled up in their bodies. The woman was once elegant and beautiful. One can still see that in her. Now her body is out of shape.

George is tall. Thin legs. A fleshy face. His belly is

impressive. George could have fit his whole body in his belly.

I hope he's not called George Karelias. And signs things with the golden script. And destroys my dreams of freedom, elegance and happiness.

Soon the English woman stands up to her chest in the water. Contemplates the waves. Veiled in sorrow. Sorrow and longing.

I swim by her. Take her sorrow. And carry it to the sea. Far out.

Outside, a younger couple crosses my path. She, a straight Greek nose. Dark hair piled high.

He, blond. Blue, misty eyes. A round face. Chubby cheeks. The shoulders that poke out of the water betray a body that has gotten out of balance. A stocky, overstuffed, rounded form. Possibly a frustration nourished with beer, spare ribs, and pork knuckle.

The woman says: Yes, I was just thinking. She says it in a little-girl voice. That wants to seem harmless. Childlike and dreamy.

Ah, I was thinking about pictures that I now see in my head. Cute, little, touching, sparkling pictures.

The man swims next to her and seems absent. She keeps chirping. You know, I acquired this cute signature, this "M." And just now I realize that everything that's important to me starts with "M." Meditation. Mandala. Motion. Michael.

And Maja! he adds unexpectedly. With a Viennese accent.

Then they're gone.

I am ashamed of myself, because I am judging. I am ashamed of my prejudices. Nonetheless, I want to know how this story ends.

Back on the beach, I see the English woman again. Now she's taking a cold drink from the beach boy's full tray.

She goes back and forth between the sea and the lounger. Between the caravan of offerings at the sea and an oversized beach bag full of snacks at the lounger.

By midday the bag is empty. And the English couple trek up to the terrace restaurant *To Steki*.

64. That, Too, Is Life

An English family with two children camps near the water. They've brought small, collapsible beach chairs and a tent. Zero willingness to spend money on loungers and umbrellas every day. The daughter is at the age where she's sprouting breasts. The son is a toddler. Maybe three years old. An accident. Unexpected happiness. Or perseverance. After all, Papa wanted a son too!

The mother of two is exhausted. Even though a young grandmother also belongs to the family. Or maybe directly because of that.
A young grandmother with the figure of a diva and an organic hemp shopping bag over her shoulder.

The little boy is ornery. Pesters the sister. The sister waits for the right moment. When no one is looking she gives him a smack.
The mother is a pressure cooker ready to explode. The grandma has internalized all the mantras in the world. Is serenity personified. But soon she's gone.
The completely tattooed father is overwhelmed. Turns around and disappears into the waves.
The daughter puts on her sunglasses. Blocks her ears with her iPod earbuds.
The mother stays in constant operation. Alone.
After a while, Grandmother shows up with ice cream. And disappears again instantly.

Around midday, the tattooed father gets out of the water and flies the coop.

The mother stays with the children, alone.

At some point they get hungry. Not all of them. The rascal with swimming wings cannot be pulled out of the water.

The stressed-out mother screams at the children.

Grandmother shows up, sheepish. Wants to be helpful. But seems paralyzed.

The mother passes the teenage daughter a pair of pink underwear.

As if in a trance, the daughter gives her mother her wet bathing suit. The mother stands there with her hands full. The daughter remains passive.

The grandmother calls the little boy to shore. Asks him. Threatens him. Then she goes into the water to him. Plays with him a while. Finally grabs him and brings him to the tent.

The toddler screams his head off. Escapes and runs back into the water.

The scene repeats itself a few times. Until the mother picks up two heavily laden backpacks and a bag. And leaves, annoyed.

The girl hasn't stirred. The grandmother is trying her luck again. The little one escapes her, again and again. Then the mother comes back with the three heavy pieces of luggage. Puts them down. Goes into the water. Grabs the roaring child. Drags him back with her. Grandmother and granddaughter stay on the beach. Finally, they pack up the rest.

The grandmother's dress is hiked up in the back. Up to her hips. The granddaughter looks at her, aghast. Come on and help me, says the grandma. The soda can in one hand, the granddaughter tries to help the grandmother with her other hand.

Then the grandmother takes her *The-Cooperative-Good-With-Money* hemp bag over her shoulder and they leave. The father had never reemerged.

In *To Steki*, I soon see the family at a table. Everyone is there. Grandfather completes the circle. Grandfather with red nose and a cast on his elbow. The little boy sits sleepily on his mother's lap. Next to the stroller, crammed full. Towels. Toys. And so much other stuff. It could fill up a living room.

The little boy is still wearing his swimming wings.

65. Time for the Bookworm

I've been watching Irene for days. She sits on a lounger. Right by the sea. And without an umbrella. She sits cross-legged, absorbed in a book. Always a different book.
Irene reads at least one book every day. Her thirst for reading is greater than her thirst for the sea. Only seldom does she take a break from her reading to go for a little swim.

Irene comes from Scotland and lives on the Isle of Wight. Irene has a job. And a son, whom she is raising alone. She is in a club, for which she does volunteer work. She only gets to read on her summer holidays. In Greece. For the past thirty years.
Irene is a botanist. In the Botanic Garden of the Isle of Wight.
Not for much longer. She is going to quit. Americans bought the institution. Were only interested in the cafeteria. In profit. The plants mean zip to them.

I'm at a crossroads, says Irene.
What direction should I go?
Emigrate.
Back to my mother in Scotland.
Move back to Brighton.
What awaits me?
A new life. Insecurity.
Maybe finally having time to read for a while!

66. Small(est) Stories at the Sea

I

An older couple is strolling on the seafront. They look like siblings. Wedding rings. Smart clothes. Inconspicuous. Until my gaze falls on the man's wrist. On a shining silver band.

II

Frank-Walter Steinmeier sits down on a bench near me. I want to talk to him. Just in time, I notice the mix-up. Many people's faces look alike. Their auras, however, are unmistakable.

III

A father holds his small daughter on his lap and talks incessantly on the phone. The daughter waits. Waits. Climbs off his lap. Collects shells.
Full of anticipation, she returns.
The father is still talking on the telephone.
On and on.
And on.

IV

A mother is teaching her child to swim. The child is laughing. The mother's eyes shine. With each success, she lifts the child up high. Kisses it heartily. As if she were going to bite into an apple.
Again and again she lifts the child up high. Again and again she kisses it.
Then she lets it swim again.

67. Vacation at Last

Maybe after many years. Vacation at last.
A Greek mother embraces the expanse of the sea with her gaze.
As though she's had to wait all too long for this encounter.
With her spellbound gaze focused on the water, she calls out to her two little ones. She starts swimming.
The children hurry behind their mother. One after the other.
The mother turns her head and looks at the children. Then forward again. Full of pride, she introduces her swimming chicks with the sail-like ears to the world.
And the three of them laugh out to the sea.

On the weekend the father is there too.
And the four of them swim out into the sea.
And the four of them laugh at the world.
They laugh out to the world.

68. Tattoo-Tataaa!

Similarity: by stature. From tattoos. Right up to the pigment disorders of their skin. Two brothers are sunbathing on the beach. With two children of about the same age.

Between them, two loungers. And on the loungers, lots of books.

The brother to my left is currently wrapping up his daughter in a towel. Then he sets her on his lap. Kisses her. Rocks her.

Shortly after, the brother on the right also takes his son up. Kisses him. The children hug their fathers. The fathers smile.

The fathers are playing checkers. The children watch. Ask questions. Interrupt the game over and over. Until the fathers take out the Memory cards.

Then the mothers are also there. Two graceful women. Slender. Tall. Tattooed verses adorn their bodies. On each of them, from the collarbone over the shoulder, all the way to the arm. The other verse on their hips. Their loungers are fully crammed with books.

With volumes of poetry? I would really like to know.

69. Drunk on the Sun, and Wanderlust

Evening after evening, Mimis sits on his terrace and inhales the sunset.
Sometimes I join him, and we watch the sea in silence. Watch the sun's playful flames, and their reflections on the water's face. Bewitched, we gaze at the glowing ring. How it creeps so slowly through the clouds. How it vanishes behind the mountains. Sometimes it eludes our admiring eyes far too soon. Crawls behind the clouds.

Sometimes I sit silently with Mimis for hours on end. Sometimes we talk incessantly. Mimis has many stories to tell. Even when he's silent. Before I leave, Mimis wants to show me around this region.
Not only Mani. Ideally the whole Pelopónnisos.
All of Greece.

Mimis likes to drive.
And I'm a passionate passenger.
We drive along the sea. For hours.
We drive past oleander shrubs.
Past giant olives groves.
Past eucalyptus trees and date palms. Past tamarisks and mimosas. Past cypresses and cedars. Past broom, and wild oregano releasing its scent in the summer heat. Past undergrowth and naked stone.
We leave the villages in our wake. Driving farther and farther. Higher and higher. We drive on old abandoned roads with crumbled edges and rubble from

tumbling rocks. We drive on lonely paths. On deformed and narrow mountain roads.

And I breathe a sigh of relief when we wind up on the main road again.

We stay silent together. In silent conversation. In communion with the landscape. Sometimes we also speak.

We drink the tinkling water, smooth as velvet, of mountain springs. We stop to rest in small enchanted inns. We pause in forgotten hamlets that cling to the mountain like terraces. We even drive up the tall mountains of the Taygetus. We gaze up at the summit of Prophet Elijah, and down at the ravines. At some point we reach Monemvasia. Where drinking water was highly valuable not so long ago. Since the town lacked its own. And water had to be brought from far away. To Monemvasia. Where a glass of water was the most expensive thing. Never offered to the traveller for free.

Monemvasia. This tiny peninsula where Yiannis Ritsos saw the world's light. And for the first time gazed upon the endless sea. Blue and immense. The sea. Like an omnipotent mother. Who nurses her children at her breast. Until she swallows them one day.

Ritsos saw the light of life. Facing the blueness of the sea. His house still stands on the hill. And Yiannis stands before it in the scorching sun. In thunderstorms. Stands day and night. Petrified.

Drunk on the waves. Intoxicated by the colors.

Ritsos gazes at the sea forever. Ritsos gazes at the eternal mother.

70. Summer Dies a Little Every Day

I
I was traveling for a few days.
I left the vines alone on the terrace.
I betrayed the grapes.

I no longer protected the grapes. Through my presence.
Now the wasps have seized them. The big wasps, with
the red bodies and narrow, short wings.
Even the mean, little wasps.
And the bigger, black-and-yellow striped ones.

I betrayed the grapes. And surrendered them to the
wasps. Perhaps I can limit the damage. Still save some-
thing. Free the grapes. Drive the wasps away. Or at
least distract them.

I put a plate of gnawed-up grapes on the table. And the
wasps pounce on it.
For the time being, the vines are saved.
Am I ever allowed to leave the terrace.
Am I allowed to leave the grapes unmonitored.
Until they have fulfilled their destiny?
And what is their destiny?
And who has the right to enjoy them.
 Who has the rights of pleasure to grapes?

II

The hungry cat has shown up. Meowing reproachfully.
Did she miss me?

No. The food.

She gets frightened at the slightest sound. At the slightest movement. Runs away. I move slowly. Silently.

I speak quietly. I speak to her.

She knows my sound. She understands my intentions. First, she stops. Then she comes back.

Today is Sunday. Even for her. I brought her food. Put out a good-sized portion. And soon she comes to me on the terrace. She slinks around the table and around the chairs. Near and, yet far enough away from me. Her body is long and extremely skinny. She eats everything. Quickly and tensely.

Her body is long and extremely skinny. Only in the stomach area there now is a pronounced ball.

She licks the plate clean. Until it shines. Then she leaves the terrace. Climbs up the slope into the Panagjotis' garden.

Goes to her children.

71. Ilios Goes to Sleep

Mimis says: That is not the sun you're seeing. It is
its avatar. The sun itself is invisible. It is behind the
clouds. In the mist. You are only seeing its reflection.
And what do I see otherwise.
Also only avatars?

72. Farewell to the Beautiful Clytemnestra

It is quiet. And yet so loud.
In the village. On my terrace. In the garden.
And in the grass and trees of the nearby olive groves.
Someone is working. Somewhere in the neighbor's garden. I don't hear him. I see movement in the branches of a tree. Even though there is no wind blowing.
It is calm. It is quiet. And yet so loud.
Over my head hang the grapes. Heavy with future wine.
The fruits are plump. Full of flesh.
And the honey-sweet juice of the yellow virgin grapes.
Under their skin I hear the murmuring of the juices.
I sense the tightening membranes, looking more transparent by the day.
More permeable for the intoxicating aroma.
The aroma steals ever more bewitchingly into our dreams.
With its boundless promise of happiness.

The grapes of the pergola bask in the sun in the morning.
They cook in their own juices at midday.
Surrounded by wasps and bees.
And in the evening, dreamy and lasciviously, they hang, full of devotion.
Duty.
Or outright exhaustion.
It is quiet. And yet so loud. In the village. On my terrace. In the garden. And in the grass and trees of the nearby olive groves.

Clytemnestra lies on the terrace.
No one was here besides me.
In the evening, she had still ravaged a grape. And greedily sucked a piece of blood-red melon dry.
And then carefully cleaned her remaining feeler with her front legs.

I didn't even hear a crack.
Who was on my terrace today.
I didn't crush her, did I?
The beautiful Clytemnestra lies on the gray terrace floor.
She lies there as though in the bed of a canal. With her fine silk dress. Translucent and green.
She is Ophelia. With flowers in her hair. Pale of face.

Relaxed. Outstretched. Only the jumping legs bent.
So lies Clytemnestra on the gray floor.
 Her beauty is absolute. Her face with a hint of a smile.
Her eyes stare faraway. Sunken in the sweetest dream of eternity.

Clytemnestra. She has succumbed to death.
For a moment her beauty is complete. She has succumbed to a foreign prince in a colorful guise. He bends over her. A prince with devastating jaws. He lets his feelers glide over her outstretched body. He surrounds her with his four front legs. He lets her last breath fade away. Smells her dress. Her body. Opens his toothy jaw. And caresses her body in complete devotion. Nibbles on her dress. Crunches her cuticles. Hacks into her.

Eats into her chest. Smacks and sucks every fleshy bit. Everything juicy.
Sucks out the last traces of her life.
The prince, in his colorful attire and with his jaws, moves on. To a shady place.

73. I Seek the Traces of Summer

Daniel says: The internal clock's gone haywire. For people and animals. The rhythm of nature is disturbed. The seasons in Mani have shifted. The insects, the plants, the trees, the people, none of them know their roles anymore.

A large, brown butterfly samples the grapes on the terrace. It is one of the biggest butterflies in Europe. And at this time of year, it's unusual to still be seeing it here.

The cicadas have disappeared. In their place chirp the crickets. Hardly a locust to be seen. Only here and there a lost female. With its spiky leghorn.
The ladybugs are gone too.
Wasps and other new insects appear on stage. But none of them has the talent to make friends with me. To speak to me. Like my locusts.

Fog sinks from the sky. Mist rises from the sea. They meet on the horizon and dissolve it. Wipe the boundaries away. Filtered through the mist, the sunlight pours out onto the surface of the sea. Shatters on the mirror of the sea into thousands upon thousands of pieces. Rocked here and there by the wind, they play with the sun. Reflect it in thousands of images. Thousands upon thousands of sun images shimmer. Silver leaves cover the sea. Sometimes, from the terrace view, the mountain across seems like a monster rising out of the sea. The back furnished with crests and a fin. A monster as big as the sea.

74. A Last Cherry for Orestes

Orestes is not well. His radiant colors have faded. His bright green has turned pale.
He seems exhausted.
I see him on the terrace. He drags his leg. He pulls himself along. A hobbling old man. A wreck.
Perhaps he's ill. A result of his war wounds.
Or maybe he's just suffering from the infirmity of age?
I give him half a cherry and a grape to make him stronger. He takes the grape. Sucks and slurps and nibbles it with pleasure. I look at him for a long time. Once he's had enough, he climbs up the blue kitchen door, reinvigorated for a moment.

Orestes and I have been friends for a long time. I know that Orestes understands everything. Nonetheless. Sometimes he's stubborn. He's a Maniot. A manly Maniot locust.

I know Orestes for a while already. He's not well at all. He becomes paler and paler. Even though I feed him every day, the shroud of encroaching death covers his body.
Do locusts metamorphose? I don't think so. They simply die.

75. The Death of Summer

The orange tree has surrendered all its ripe fruits to the earth. Some are dried up. Others already black. Or even rotten.

The orange tree has surrendered every single ripe fruit. So that it may give life to the little oranges, still green and hard.

The orange has surrendered its over-ripe fruits to the earth. And next summer the earth will return these oranges to the tree.

I know this.

I know this. And yet I feel the smog of anxiety seeping into my heart. Spinning its cocoon around my heart. Threatening to suffocate it. I feel anxious about the dying summer.

Only for a moment.

I can feel my heart contracting.

Flickering out like the Sun's daily death. I know this.

There is no beginning. And no ending.

I know this.

Nothing is lost.

Nothing dies.

Things are only transformed.

I know this.

And forget it, again and again.

THE END

Enormous thanks to my friends and first reading editors, Ingrid and Joachim Schmidt. Their patience, creativity and sensitivity were indispensable to me.

Many thanks also to my friends Barbie, Helgard and Hanna. Even though in this summer they weren't around, they have an important place in my Greek life. Are a part of my Greek life.

*This book arose on terraces in Pyrgos and Stoupa. Despite the physical distance, the finalization of the text was managed more easily on the terrace of the cafés **Einstein Unter den Linden** and **Kaffee, Brot, Kultur Quchnia** at Gendarmenmarkt in Berlin. Many thanks to the friendly and tolerant servers there.*

Translator's Note

Leichter Wind in Paradies by Carmen-Francesca Banciu is offered here by PalmArt Press in a bilingual translation, English (*Light Breeze in Paradise*) and Greek (*Ελαφρύ αεράκι στον Παράδεισο*), undertaken by a team of translators from the Advanced Training in Greek Poetry Translation & Performance Workshop, which Dr. Vassiliki Rapti founded in January 2014 at Harvard University, where she ran it until June 2016 (since then she has directed it independently). The first seeds of this collaborative translation project were sown on the occasion of Carmen-Francesca Banciu's visit to the Ludics Seminar of the Mahindra Humanities Center, Harvard University, in September 2016, while its first product was released at the International Book Fair in Thessaloniki, Greece, in the spring of 2016, hosted by the Goethe Institut. Afterwards, another extract from this bilingual translation along with a video produced at Harvard was published in the 12th issue of *Levure Littéraire*[1]. There it was stated:

"The goal of this collaboration is to produce simultaneously two works of translation, one in English and one in Greek. The Translation Workshop selected Banciu's work for a variety of reasons. First of all, because it posed a number of challenges to our group, as its author is a Romanian author who lives in Berlin and works and expresses herself in German and we wanted to explore this facet of the task of a translation that exceeds national boundaries. Importantly, Carmen-Francesca Banciu not only switched languages, but made use of the German language in an innovative way, creating new words and "playing" with her adopted language to such a degree that she created new metaphors reflecting her experience of feeling "at home" in both languages (Romanian and German). Secondly, it was the appeal of the collection with its rough materiality of language and deeply philosophical tone that is reverberated not only in the use of language, but also in its inclusion of stunning original photos by the author herself. Finally, the unique ties that Carmen-Francesca Banciu has developed with the Greek language and landscape over the years was enough to trigger our interest and make us deem it appropriate to include it in the frame of this Workshop that is devoted to Greek poetry and performance."[2]

Indeed, this project proved to be deeply rewarding for all its participants, since it challenged us on so many levels and I am indebted to the following members of the Advanced Training in Greek Poetry Translation & Performance Workshop for having passionately and diligently worked on this two-way translation: for the English translation, Pat Snidvongs, Molly O'Laughlin and Catharine Nicely were responsible, with the help of Julia Dubnoff, Clara Luise Hildebrand and Peter Bottéas; for the Greek translation, I undertook the task of the translation with the help of Andreas Trian-tafyllou, Vladimir Bošković and Peter Bottéas, while the author and the publisher were always available to clarify various points. We want to believe that we managed to blend our initially distinct voices into one that echoes the voice and tone of the German original.

In this journey of ours, we were able to enjoy the sin-gularity of Banciu's writing style, deceptively simple with its short and systematically repetitive syntax and rough language, yet absolutely attuned to the landscape of the mountainous Mani in the Pelopon-nese, Greece, where the narrative takes place. In this sui generis memoir, we as translators marveled at the narrator's obsession with the insects that inhabit her summer house and her ability to translate their ev-eryday behavior into human behavior and vice versa. We followed her inner journey of transformation and liberation from a burdened past to a light and lumi-nous present through an unusual decoding of her ev-eryday encounters and their internalization as lessons of life that engulf everything and all possible states of mind. Such unusual decoding is achieved through the narrator's incomparable gift for observation and tan-gential – almost funny and ironic – look at the his-tory of Greece and its people, both indigenous and visitors, from antiquity to the present: a gaze that does not spare anyone, including the current crisis and its possible generators. Yet everything is absolved in the narrator's voluntary submission to the grandeur of the elements of Nature: the sea and the sun, these two great natural powers that abound in Greece and activate her imagination, leading her to an earthly paradise. In this paradise, she is able to transform the material into the immaterial, the transient into the permanent, the inanimate into the animate, the mortal into the immortal, and the mundane into the magical. This is what the title of the current volume suggests, and it does keep its promises. And although this paradise is a true tribute to Mani and the Peloponnese in general, on another lever this paradise refers to another kind of paradise: an archetypal one where the human being feels connected with its inner soul, where the One is identical to the All. And all this is achieved thanks to the method of critical observation, an exhaustive, almost upsetting - I would add - observation, which does not spare anyone, including the observer herself. It is the phenomenological method of an exhaustive, contemplative gaze at everything, which leads to a relentless critique of everything, both the outward and the inward. It is a watchful, sharp-eyed, ubiquitous glance that forms this writing style, which manages to treat in a balanced way the dialectic between Nature and Man, precisely because of the constant switch between these two distinct entities.

Vassiliki Rapti
Cambridge, Massachusetts, September 2017

[1] http://levurelitteraire.com/carmen-francesca-banciu-2/.
[2] Ibid.

Κάρμεν-Φραντζέσκα Μπάντσιου
Ελαφρύ αεράκι στον Παράδεισο

Translated by
Vassiliki Rapti
with Andreas Triantafyllou

Palm**Art**Press
Βερολίνο

Για τον Ντίετερ Όλαβερ και την Τζέρμα φον Χέιντεμπρεκ-Όλαβερ

"Προωθώντας μια κοσμοπολίτικη προοπτική, τα μυθιστορήματα της Μπάντσιου διακρίνονται για το ιδιαίτερο ύφος και τη δομή τους και παρουσιάζουν μια ενδιαφέρουσα πρόκληση για τη μετάφραση του έργου της. Εξόχως μεταφορική, πλούσια σε αναφορές και συσχετίσεις και χαρακτηριζόμενη από μια δομή φράσεων που είναι επιδέξια ελλειπτική και υπαινικτική, καθώς επίσης και απατηλά απλή και εσκεμμένα υποβλητική και αμφίσημη, ο πεζός λόγος της Μπάντσιου είναι τόσο παιγνιώδης όσο και βαθύς."

Έλενα Μαντσίνι, Κολλέγιο Κουήνς της Πόλης της Νέας Υόρκης

Πρόλογος

"Δεκατρείς μέθοδοι για να περιγράψεις τη βροχή" - και χίλιες και μία ακόμη για τον ήλιο που δύει και ανατέλλει πάνω στον καθρέφτη της θάλασσας. Παρά τις τόσες τραγωδίες για τις δυο ακρίδες που η συγγραφέας τις βάπτισε "Ορέστη" ή "Κλυταιμνήστρα", παρά τα τόσα σατυρικά δράματα γύρω από τα έντομα με θέμα τον ιστό της Αράχνης, τα νήματα της Αριάδνης, τους ερωτικούς λαβύρινθους και τα όργια μέχρι θανάτου των μικροσκοπικών Μινώταυρων πάνω στη βεράντα-αρένα στο πολυφωνικό τραγούδι των τζιτζικιών του ελληνικού καλοκαιριού: με τη συγγραφέα ολομόναχη πάνω στη βεράντα, με την ίδια στο αυτοκίνητο ανάμεσα στο πλήθος, στο καφενείο, στη θάλασσα, διαβάζοντας -- τώρα που λιώνει το χιόνι στο Βερολίνο -- το βάρος του κόσμου γίνεται ελαφρύτερο, γραμμάριο προς γραμμάριο, και βήμα βήμα το μάτι γίνεται φωτεινότερο...
Σεμνή και συνάμα σοφή, η Κάρμεν-Φραντζέσκα Μπάντσιου συνδέεται με τις ρίζες όλης της Ελληνικής ποίησης: την εξύμνηση του φωτός.
Και στο τέλος βρίσκεται η αρχή:
Μπορώ να νιώσω την καρδιά μου να πεταρίζει. / Και να καίει σαν το καθημερινό ξεψύχισμα του Ήλιου. / Το γνωρίζω. / Δεν υπάρχει αρχή. / Ούτε τέλος. / Το γνωρίζω. / Τίποτα δεν χάνεται! / Τίποτα δεν πεθαίνει. / Μόνο μεταμορφώνεται. / Το γνωρίζω. / Και το ξεχνώ ξανά και ξανά.

—Βέρνερ Φριτς, Ιανουάριος 2015

Το να ακούς πολλές λέξεις, δεν σημαίνει ότι ακούς κιόλας. Είναι σαν ένα θρόισμα ανάμεσα στα φύλλα. Η ποιότητα της ακοής έγκειται στην προσοχή, λέει ο Τζίντου Κρισναμούρτι.

Το να παρατηρείς πολλά πράγματα δεν σημαίνει ότι βλέπεις κιόλας. Ποιότητα όρασης σημαίνει ενόραση. Θα προσθέσω εγώ.

1. Καρέλια Gold

Όχι, δεν το ξαναρχίζω.
Ποτέ δεν τό 'κοψα. Το κάπνισμα.
Αυτό τον καιρό, καπνίζω μόνο καναδυό φορές το χρόνο. Άντε δέκα φορές. Όμως σήμερα μου λείπει. Ένα του Γεωργίου Καρέλια. Τα δοκίμασα για πρώτη φορά εδώ στην Ελλάδα. Παλιά, δεκαπέντε χρόνια πριν. Κι όμως τα βγάζουν ακόμα.

Ένα σωρό πράγματα άλλαξαν εδώ σ' αυτά τα δεκαπέντε χρόνια. Ένα σωρό πράγματα εξαφανίστηκαν σ' αυτά τα δεκαπέντε χρόνια. Τα Καρέλια είναι ακόμα εδώ. Απ' τα καλύτερα χαρμάνια που υπάρχουν. Ένα μείγμα... Ακόμα στην επίπεδη χρυσή κασετίνα τους. Αυτό το ίδιο πακέτο με τα χρυσαφιά γράμματα. Αυτό που ανοίγει σα να είναι κουτί με σοκολατάκια. Γεώργιος Καρέλιας και υιοί. Ελαφρύτερη γεύση. Βιρτζίνια. Όλα τα ίδια όπως χρόνια πριν. Μόνο που στις μέρες μας ένα άσπρο αυτοκόλλητο με σκούρα μαύρα γράμματα χαλάει τη μόστρα του κομψού πακέτου. Βρίσκεται κολλημένο απειλητικά στη μπροστινή μεριά. Και το επαναλαμβάνει στο πίσω μέρος. Ένα προαίσθημα της μελλοντικής νεκρολογίας του καπνιστή.

Η γλυκειά γεύση και το ελαφρύ άρωμα με γεμίζουν προσμονή. Μέχρι να ανοίξω την κασετίνα διάπλατα. Αλλά το κάνω με το πάσο μου. Και κατ'αρχάς παρατηρώ υπομονετικά μία φράση στο εσωτερικό του κουτιού. Ούτε και θυμάμαι ποτέ να έχω διαβάσει το «Σημείωμα

από τον Γεώργιο Α. Καρέλια». Πώς και δεν το είχα πά-
ρει χαμπάρι τότε το σημείωμά του;
Όπως και νά 'χει το πράμα, ο Γεώργιος Α. Καρέλιας δε
μου είχε μιλήσει ποτέ.
Ή μήπως πρόκειται για καινούργιο σημείωμα;

*For over a century successive generations of our family
have worked to refine our products. From this rich
tradition of heritage and quality we bring to you a
distinctive cigarette of superior quality.*

Ο ίδιος ο Γεώργιος υπέγραψε με χρυσό μελάνι. Ένα
κανονικό, ισοροπημένο, καλοφτιαγμένο χέρι. Ένας
ισορροπημένος άνθρωπος. Όχι κανένας οπαδός της
υπερβολής.
Είναι αλήθεια αυτό;

Όταν κανείς ανοίγει το κουτί, αποκτά μια μικρή ιδέα
του τί εννοεί ο κύριος Γεώργιος.
Πριν απ' όλα όμως έχει χρέος να αντιληφθεί την ποι-
ότητα του χαρτιού. Κάτι που πάει μαζί με το μικρό
λογότυπο του Καρέλια. Αμέτρητα χρυσά εμβλήματα
πάνω στο άσπρο χαρτί. Όταν κάποιος ανοίγει το προ-
στατευτικό χαρτί, όλο το εσωτερικό λάμπει στο χρυ-
σό. Πάνω σ' αυτή την αστραφτερή βάση βρίσκονται
απλωμένα τα τσιγάρα, το ένα κάτω από το άλλο σε
δύο σειρές. Όλα με μεγάλα, πορτοκαλιά, κιτρινωπά
φίλτρα. Όλα φέρουν το Καρέλια με χρυσά γράμματα.

Άρωμα άσπρων δερμάτινων γαντιών-γάλακτος-βα-
νίλλιας. Και βέβαια το άρωμα του καπνού. Καθώς

βγαίνει από την κασετίνα διαχέεται απαλά προς τα πάνω. Ένα μείγμα από διαλεχτά καπνά με στόχο την ποιότητα...

Αναπνέω το γλυκό άρωμα. Ελαφρύ και πλούσιο συνάμα. Η χαρακτηριστική του γλυκύτητα με χαλαρώνει. Πάει πακέτο με το τυπικό Ελληνικό καλοκαιριάτικο απόγευμα. Βρίσκομαι μακριά από το Βερολίνο. Έφυγα. Δραπέτευσα φέτος το καλοκαίρι. Για να μπω σε κάτι διαφορετικό. Βεράντα με θέα στη θάλασσα.

Μακριά από το Βερολίνο, αφήνοντας οτιδήποτε δύσκολο, άλυτο πίσω μου. Έστω σαν μία διακοπή της παλιάς μου ζωής. Μπορεί και σαν μία προσπάθεια να την αλλάξω. Για ν' απαλλαγώ από το φορτίο. Για να ξαναγεννηθώ. Μέσα από μια καινούργια ματιά. Μέσα από μια καινούργια διάθεση. Μέσα από το μυαλό. Μέσα από τη γνώση.
Ήρθα για ν' αγγίξω την ίδια τη ζωή. Για να ξαναγεννηθώ. Και για να απαθανατίσω τη γέννηση μέσα από τις λέξεις.

2. Καρέλια-Χαρά

Μένω σ' ένα ερημικό σπίτι. Στην άκρη ενός χωριού στη Μάνη.
Δεν είναι δικό μου. Είναι κάποιων φίλων από το Λούμπεκ. Και μ'αφήνουν να περάσω το καλοκαίρι εδώ.
Με το που φτάνω, αφήνομαι στο χάδι του βελούδινου αγέρα.
Ολόγυρά μου το ζεστό καλοκαιρινό δειλινό.
Νιο φεγγάρι. Λεπτοκαμωμένο. Σκέτο αραβούργημα.
Ένα χρυσό πακέτο Καρέλια.
Το νιο φεγγάρι κρέμεται πάνω από τη θάλασσα.

Κάθομαι στη βεράντα. Στη βεράντα απ' τη μεριά του λόφου. Και όπως κάθομαι πάνω της η βεράντα μοιάζει με γέφυρα. Από τον κήπο μέχρι τη θάλασσα.
Πιάνω ένα τσιγάρο. Το τρίτο στη σειρά. Με νόημα.
Έχει νόημα. Είναι το τρίτο τσιγάρο της πάνω σειράς.
Κι επειδή είναι το τρίτο, έχει διαφορετική γεύση απ' το δεύτερο. Ή απ' το δέκατο. Ή απ' το δέκατο έβδομο της δεύτερης σειράς.
Λόγω περισσότερης υγρασίας.
Λόγω περισσότερου αέρα.
Λόγω του ότι το άγγιξε περισσότερο φως.
Επειδή το διάλεξα εγώ.
Επειδή τίποτε δεν είναι το ίδιο με τον εαυτό του. Και το καθετί είναι πάντα καινούργιο και άγνωστο. Δεν αφήνω τον εαυτό μου να παρασυρθεί από το άρωμα, μέχρι του σημείου να κοτσάρω ένα Καρέλια ανάμεσα στο επάνω χείλος και τη μύτη μου. Ατενίζω τη θάλασσα.

Και το φεγγάρι από πάνω. Και το σμήνος των βουερών νυχτόβιων πεταλούδων γύρω από τη λάμπα που κρέμεται από τη βεράντα.

Όντως, τώρα το τσιγάρο του Καρέλια βρίσκεται ανάμεσα στο πάνω χείλος και τη μύτη μου. Σκέφτομαι το πώς φαντάζει. Δε μπορώ παρά να γελάσω. Και να το τσιγάρο που πέφτει στο πάτωμα. Το σηκώνω. Θα είναι το τρίτο από την πάνω σειρά. Να λοιπόν που τώρα έγινε κάποιο ή και κάποιο άλλο. Από τώρα και στο εξής, είναι το τρίτο τσιγάρο από την επάνω σειρά, το οποίο έχει πέσει στο πάτωμα.

Ορίστε! Να που τώρα το-τρίτο-τσιγάρο-από-την-επάνω-σειρά-το-οποίο-έπεσε-στο-πάτωμα έχει ιστορία. Οπωσδήποτε είχε κάποια ιστορία και πριν. Μόνο που εγώ δεν την ήξερα. Ούτε και τη σκέφτηκα ποτέ μου. Τώρα δημιουργήθηκε μία καινούρια, επειδή το παρατήρησα.

Μία ακρίδα τά 'χει βάλει με το πακέτο. Έχει το χρώμα της ώχρας. Με καφετιές συμμετρίες και πράσινα διακοσμητικά. Κι αυτή επίσης ταιριάζει με το χρυσαφί πακέτο.

Κρατάω το τσιγάρο μου κάτω από τη μύτη μου και αναπνέω το άρωμά του. Αυτό το άρωμα με κάνει χαρούμενη. Άραγε μπορεί το κάπνισμα να με κάνει ακόμα πιο χαρούμενη;

Μία ακρίδα και με τη μία μόνο κεραία της επιθυμεί να γευτεί το άρωμα. Στο πακέτο. Κλείνω την κασετίνα.

Πανικόβλητη η μικρή ακρίδα. Όχι χωρίς λόγο. Παραμένει στο τραπέζι. Κοκκαλωμένη. Μετά ξαναρχίζει. Αισθάνεται με την κεραία της την κασετίνα ξανά κοντά της. Δε μπορεί παρά να είναι καπνιστής. Ένας μανιώδης καπνιστής. Το άρωμα με κάνει χαρούμενη. Αυτό το άρωμα των είκοσι πολυτελών τσιγάρων.

Περί τις είκοσι φορές παίρνω αυτή τη χαρά. Όταν αναπνέω αυτό το άρωμα του καπνού. Καθισμένη στη βεράντα τη νύχτα—περιτριγυρισμένη από τζιτζίκια που τραγουδούν, από τριζόνια και ακρίδες που γρυλίζουν, από περίεργες ακρίδες, από πορτοκαλί και ροζ πεταλούδες της νύχτας, από μικρά, στο χρώμα του λεμονιού, τοσοδούλικα έντομα—που σέρνονται.

Μπορώ είκοσι φορές να εισπνεύσω ευχαρίστηση. Και ακόμη περισσότερες. Όταν δεν ανάψω τσιγάρο. Στα ριζά του βουνού τρεμοπαίζουν τα φώτα της πόλης. Τα φώτα της Στούπας. Και πίσω από τα φώτα μια απεραντοσύνη σκοτεινιάς απλώνεται. Πίσω από τα φώτα μέσα στο απέραντο μαύρο κείτεται η θάλασσα. Εγώ, πάνω στο ψηλό Ελληνικό βουνό, μπορώ να καπνίζω το καλύτερο τσιγάρο. Για πάνω από έναν αιώνα οι άνθρωποι αποζητούν κάτι σαν κι αυτό. Κι έτσι μπορώ τώρα εγώ να το απολαύσω, εδώ και τώρα.

Χρόνια τώρα δεν αγόραζα τσιγάρα. Που και που καμιά τράκα έκανα σε φίλους καπνιστές. Ούτε που έχω αναπτήρα. Όλο εκπλήξεις η τσάντα μου. Αληθινό σακκίδιο πόλης. Βρίσκω ένα καλοφτιαγμένο σπιρτόκουτο.

Πάνω στο κουτί γράφει «Hotel Remarque». Αυτό το σπιρτόκουτο είναι πολυταξιδεμένο. Έχει κάνει τη μισή υφήλιο. Μόνο και μόνο επειδή ήταν εκεί. Και δεν υπήρχε λόγος να το βγάλω. Το ξενοδοχείο Remarque στο Osnabrück. Πάει πολύς καιρός από τότε. Μία φίλη μου είναι από το Osnabrück. Τη συνάντησα και στην Ελλάδα.

Όχι. Τελικά δεν το κάπνισα. Το τσιγάρο Καρέλια. Το έβαλα πίσω στο πακέτο του. Και με το άρωμά του με πήρε ο ύπνος.

3. Μάτια πίσω από το μάτια των ματιών

Όλοι εδώ στο χωριό ξυπνάνε νωρίτερα από εμένα. Είναι λίγο μετά τις πέντε. Πόσο νωρίς θα πρέπει να ξυπνήσω για να είμαι η πρώτη; Έτσι ώστε να παρατηρήσω τα πάντα. Έτσι ώστε να αντιληφθώ τα πάντα. Έτσι ώστε τίποτε να μη μου ξεφύγει. Να δραπετεύσει. Έτσι ώστε να πάρω μυρωδιά τί συμβαίνει. Έτσι ώστε να είμαι μέρος του συνόλου. Και, την ίδια στιγμή, να έχω ζωντανή ολόκληρη την εικόνα του.

Τα πάντα επιθυμώ να παρατηρώ. Όμως ακόμα μου ξεφεύγουν τα περισσότερα πράγματα. Χρειάζομαι το χρόνο μου για να αντιληφθώ τα πράγματα. Αφού τα πράγματα μου κρύβονται. Κρύβονται από τα μάτια ενός αγνώστου. Κρύβονται από τα απαίδευτο μάτι κάποιου. Από αυτό του βιαστικού. Από του ανακατώστρα. Εξασκώ τον εαυτό μου να παρατηρεί το τοπίο. Και κάθε μέρα που περνάει το τοπίο με εμπιστεύεται ολοένα και περισσότερο. Όπως ένα τριαντάφυλλο που ανοίγει τα ροδοπέταλά του μπροστά μου. Τα μάτια μου τώρα βλέπουν μακρύτερα. Γενικότερα. Θα έλεγα βαθύτερα. Μάτια πίσω από τα μάτια των ματιών ανοίγουν.

Στην αρχή βλέπω αυτό που γνωρίζω. Αυτό που αναγνωρίζω. Εξασκούμαι καθημερινά. Καθημερινά μαθαίνω. Καθημερινά αγναντεύω πέρα από τα σύνορα του κόσμου μου. Τα μάτια μου συντηρούνται από τον κόσμο. Από τον καθημερινό ρέοντα κόσμο μου. Και από τον κόσμο των άλλων.

Η ματιά μου. Ο κόσμος μου. Μεγεθύνονται.

Τις πρώτες μέρες βλέπω αυτό που γνωρίζω. Αυτό που αναμένω.

Σήμερα μόνο ανακαλύπτω ένα πηρούνι στο δρόμο από τη βεράντα μου. Και στην στροφή του δρόμου. Άραγε είναι καιρό εκεί;

Από τη στροφή ξεφυτρώνουν δύο τύποι με σακκίδια ώμου. Από το πουθενά. Σα να ήρθαν από άλλο κόσμο. Από μιαν άλλη διάσταση. Σα να κουβάλησαν την κλίση του δρόμου μαζί τους.

Οι τύποι αφήνουν τη στροφή πίσω τους. Ακολουθούν τη ροή του δρόμου, που τους οδηγεί προς τα κάτω.

Δύο τύποι στο δρόμο για τη Στούπα. Η μέρα έχει μόλις χαράξει. Το φορτίο τους είναι ελαφρύ. Το βήμα τους ευέλικτο. Το κορμί τους χαλαρό. Η ανάσα τους γεμάτη από την πρωινή φρεσκάδα. Στον ουρανίσκο τους η θύμηση του καλοκαιρινού πρωινού.

Δύο ζωηροί περιπατητές. Δεν κάνουν ωτοστόπ. Θέλουν να περπατήσουν. Μετράνε τις αντοχές τους. Ή μήπως εξασκούν την όρασή τους; Να βλέπουν πράγματα που εκείνοι δε γνωρίζουν; Δεν έχω ιδέα. Δεν περιμένουν. Δε με περιμένουν στη βεράντα.

Ούτε καν με βλέπουν.

4. Νοσταλγός

Χθες ξέχασα το καπάκι του σκουπιδοτενεκέ
όλη νύχτα ανοιχτό.
Τα μυρμήγκια στέκονται μπροστά μου.
Ολόκληρο μυρμηγκόδρομο σχημάτισαν.
Σκαρφαλώνουν στον σκουπιδοτενεκέ
σε μια στενόμακρη πορεία.
Ακόμη κανένας δρόμος κάτω απ'το καπάκι.
Κλείνω το καπάκι και διαλύω τον μυρμηγκόδρομο.
Κάποια μυρμήγκια έχουν κλειστεί μέσα.
Θα μεταφερθούν στη χωματερή. Στην άλλη πλευρά
του χωριού. Όπου και τα απορριμματοφόρα.
Μακριά από 'δώ.

Θα βρούν άραγε το δρόμο του γυρισμού;
Θα χτίσουν καινούργιο σπιτικό;
Θα γίνουν δεκτά από τα άλλα μυρμήγκια;
Θα αφομοιωθούν;
Ή θα χαθούν σε ξένη γη;

Κρατάω το καπάκι σφαλιστό.

5. Πρωινή διάθεση

Το τραγούδι των τζιτζικιών κάνει το τοπίο να τρέμει.
Νηνεμία. Η θάλασσα σιγά σιγά ξυπνά. Η οροσειρά
της Κορώνης αναδύεται μέσα από την πάχνη.
Η θάλασσα βάζει τον πέπλο της. Κάτω από τον πέπλο,
το νερό κινείται με μύρια σκιρτήματα και λικνίσματα.
Αυτές τις κινήσεις θέλω να απαθανατίσω.
Να τις περιγράψω.
Να τις βαπτίσω.
Να ανακαλύψω την αφηρημένη τους μορφή.
Να τις εκφράσω.
Να φτιάξω το καθετί με λέξεις.
Ψάχνω.
Θα έπρεπε να κάνω άπειρες τολμηρές απόπειρες.
Ακόμη και μετά την πρώτη απόπειρα, αναγνωρίζω
κιόλας τα όριά μου.
Δεν προλαβαίνω να κάνω τη δεύτερη απόπειρα και
νάτη κιόλας η θάλασσα αλλάζει κίνηση. Ο πέπλος της
έχει ήδη γίνει διαυγέστερος.
Το φως μεταμορφώνεται αδιάκοπα. Πώς θέλω να το
κατακτήσω με τις λέξεις μου!
Μόλις αντιλαμβάνομαι κάποια διάθεση και θέλω να την
διατηρήσω μέσα στις λέξεις, διαστρέφω αυτό που είναι.
Οτιδήποτε είναι αλλάζει. Ασταμάτητα.
Αλλάζει με μία ανείπωτη δεξιοτεχνία. Σαν να μην
ήταν ποτέ κάτι.
Άραγε πότε υπάρχει αυτό το κάτι;
Αναγνωρίζω τα όριά μου. Και θέλω να πάω πέρα από αυτά.
Έξω από μένα, ο κόσμος είναι απεριόριστος.

6. Θαλασσ(ό)διψα

Το χάραμα η θάλασσα μοιάζει να λικνίζεται ελαφρά κάτω απ' τον πέπλο της. Ο ήλιος κινείται αργά και φωτίζει τα θολά ρηχά νερά κάτω από μένα. Κατακτά ακόμη ένα εκτενέστερο μέρος του τοπίου. Τρυπά τον πέπλο. Τον λιώνει. Ξεπροβάλλει η θάλασσα. Το γαλάζιο. Η θάλασσα όπως όλοι την γνωρίζουμε.

Η θάλασσα απορροφά την προσοχή μου. Σαγηνεύει το βλέμμα μου. Περπατάω έξω στη βεράντα, τα μάτια μου αλυσοδεμένα με τη θάλασσα. Κάπου κάπου απελευθερώνομαι σαν σε όνειρο και εξερευνώ το περιβάλλον μου. Παρατηρώ ό,τι έχει ξεθωριάσει στο μυαλό μου. Μια προέκταση των ελαιώνων και των πέτρινων σπιτιών. Παραδοσιακά και μοντέρνα ελληνικά σπίτια. Μανιάτικοι πύργοι. Οι αμέτρητες στροφές και τα ζικ-ζακ του επαρχιακού δρόμου. Όλα αυτά με αποκόβουν από τη θάλασσα.

Διψάω για τα χρώματα της θάλασσας. Μία επιθυμία ακόρεστη. Πώς μπορώ να συνεχίσω να ζω; Πώς μπορώ να ζήσω μόλις εγκαταλείψω αυτόν τον τόπο; Υπάρχει στ' αλήθεια ζωή μακριά από τη θάλασσα;

7. Μίμης, ο Φιλόσοφος

Μπροστά μου η θάλασσα. Στην πλάτη μου το χωριό πάνω στο βουνό. Απότομα προς τα κάτω, ο ελαιώνας εκτείνεται κατάσπαρτος με σπίτια. Μικρά και μεγάλα πέτρινα φρούρια τοποθετημένα μεμονωμένα ή κατά ομάδες.

Στο πίσω μέρος ακούω το χωριό να ξυπνάει. Ακούω τον βήχα του γείτονα στα δεξιά μου. Το βήμα των Αλβανών που ζουν δίπλα με νοίκι και βιάζονται ήδη να πάνε στη δουλειά. Ακούω τον απόηχο του χωριού. Ξερόβηχας. Ακούω τον Μίμη, τον μοναχικό Σπαρτιάτη του χωριού που έχει ζήσει εδώ για πάνω από τριάντα χρόνια. Κι ακόμα ξένος είναι. Ο Μίμης, που έχει εργαστεί στη Γερμανία. Στη συνέχεια βγήκε στη σύνταξη. Έχει γίνει Αμερικανός. Και έχει έρθει εδώ στη Μάνη για να ξεκουραστεί. Με τη γερμανική σύνταξή του. Με τις οικονομίες του από την Αμερική.

Ο Μίμης δεν πήγε στην Σπάρτη. Όχι, αγαπητέ, εδώ στη Μάνη ήθελε να ζήσει. Στην μανιακή. Με τους επίμονους Μανιάτες. Άραγε ήταν λάθος; Ίσως, λέει. "Ίσως θα έπρεπε να είχα μείνει στην Αμερική. Ή στη Γερμανία." Στη συνέχεια λέει πάλι: "Έχει έρθει όπως θα έπρεπε να έρθει. Είναι καλό που έχει έρθει». Του Μίμη το σπίτι βρίσκεται στην πλαγιά του λόφου. Σαν να κρέμεται απ΄ τον ουρανό. Σαν να ξεφύτρωσε απ΄ την πλαγιά.

Τον Μίμη κανένας δεν τον βλέπει ποτέ. Μόνο το αυτοκίνητό του. Μερικές φορές το αυτοκίνητο είναι στην αυλή. Μερικές φορές λείπει. Κανείς δεν βλέπει τον Μίμη. Δύο φορές την ημέρα δίνει σήμα στον κόσμο ότι είναι ακόμη ζωντανός. Το πρωί και το δειλινό. Όταν ανοίγει το ραδιόφωνό του και ακούει τις ειδήσεις. Ή την αγαπημένη του ραδιοφωνική εκπομπή: Μια καθημερινή ανάγνωση ενός λογοτεχνικού έργου. Τι έχει να πει ο Μίμης για το κλείσιμο της ΕΡΤ; Θα πάει στις πορείες διαμαρτυρίας;

Ο Μίμης είναι φιλόσοφος. Ο Μίμης είναι σοφός. Το σπίτι του είναι ένας λαβύρινθος από ράφια βιβλιοθήκης. Γεμάτα βιβλία. Στα Ελληνικά. Γερμανικά. Αγγλικά. Ιστορία και Φιλοσοφία. Μυθιστορήματα. Και χάρτες. Αμέτρητοι χάρτες. Γεωγραφικοί χάρτες. Αστρονομικοί χάρτες. Ναυτικοί χάρτες. Χάρτες που θα μπορούσαν να βοηθήσουν στην πλοήγηση της ζωής. Οι χάρτες του Μίμη τον οδήγησαν στη Μάνη.

Το σπίτι του κυλιέται κάτω στους βράχους. Ξεχύνεται σε διάφορα επίπεδα, ενσωματωμένο στην πρόσοψη του βράχου. Το σπίτι του Μίμη είναι το ψηλότερο στο χωριό. Με το ένα του πόδι στέκεται βαθιά κάτω από το χωριό. Με το άλλο στέκεται στο κέντρο του. Στην πλατεία. Απέναντι από την ταβέρνα. Από το παράθυρο που βλέπει στην είσοδο, το σπίτι του Μίμη έχει την καλύτερη θέα πάνω από την πλατεία του χωριού. Και από την ταράτσα, ακριβώς από πάνω, την πιο πλατιά θέα στη θάλασσα. Με τον εξώστη του, το σπίτι είναι ένα προπύργιο που φυλάει το χωριό από τους πειρατές.

Τον Μίμη ούτε που τον νοιάζει για τους πειρατές. Κάθε δειλινό, ρεμβάζει το ηλιοβασίλεμα από τον εξώστη του.

Ο Ήλιος. Όλοι στο χωριό σέβονται τον τον Ήλιο τον Ηλιάτορα. Όλοι τους εκστασιάζονται μπροστά στο μεγαλείο της καθημερινής καθόδου του. Κατά το σούρουπο, οι άντρες κάθονται στα στρόγγυλα μεταλλικά μπλε τραπεζάκια του καφενείου στην πλατεία. Πίνουν από ένα ποτηράκι ούζο ή τσίπουρο. Κάθονται μαζί αμίλητοι. Ομαδικά ατενίζουν τη θάλασσα. Περιμένοντας. Κάθε μέρα περιμένουν ακριβώς το ίδιο. Τη θριαμβευτική είσοδο του Ήλιου. Τη δραματική αναχώρησή του. Και οι γυναίκες περιμένουν. Αγκαλιασμένες στα μικρά παγκάκια. Ή με τις πλάτες γυρισμένες η μία στην άλλη όταν τσακώνονται. Κάθονται στα παγκάκια που βλέπουν προς τα κάγκελα και ατενίζουν μαγεμένες τη θάλασσα.

Οποιοσδήποτε καυγάς, οποιοδήποτε κουτσομπολιό κόβεται μεμιάς. Καθημερινή εκεχειρία. Παύση πυρός προς τιμήν του Ήλιου.

Προς τιμήν του Ήλιου, της Θάλασσας και του Ουρανού.

Ακόμη και εγώ μαγεύομαι από το μεγαλείο του ηλιοβασιλέματος. Από τη θάλασα και τα εναλασσόμενα χρώματα του ουρανού.

8. Η μουσική των τζιτζικιών

Μερικές φορές έχει νηνεμία. Δεν κινείται ούτε φύλλο.
Μόνο τα τζιτζίκια δονούνται στο αόρατο δέρμα του
τεντωμένου αέρα με το τρεμάμενο τραγούδι τους.
Ατελείωτα.
Βαθιά μέσα στη νύχτα.
Μια θάλασσα τρεμάμενων τζιτζικιών.
Μια θάλασσα ενός μαγευτικού
εμμόνως επαναλαμβανόμενου
υπνωτικού
υψίφωνου
μονότονοου
μονοσύλλαβου τραγουδιού.
Συνοδευόμενο από το γρύλισμα των τριζονιών.

Σε μια αρωματική θάλασσα από δάφνη
γιασεμιού
ρίγανης
φασκόμηλου απ' τον Ταΰγετο
αφήνομαι να βυθιστώ.
Πάνω από το κεφάλι μου μια οροφή
από κακοσχηματισμένα και ροζιασμένα κλήματα.
Οπτικά συνυφασμένα.
Βαριά τσαμπιά από σταφύλια κρέμονται. Με χάντρες
σε σχήμα δακρύων.
Σταφύλια "Μελαχροινά κορίτσια".
Ονομάζονται "θηλές αιγών" στην πατρίδα μου.

9. Θερινή κατοικία

Το σπίτι των φίλων μου είναι χτισμένο στο βράχο. Στο βράχο. Μια παλιά, ταπεινή, αγροικία. Εκτεθειμένη στα στοιχεία της φύσης. Η κάμαρα και η αποθήκη, που είναι χτισμένα ως διαμέρισμα, είναι σαν φωλιά στο βράχο. Σμιλεμένα στο βράχο χωράνε θόλους και κούτες, όπου αποθηκεύονται τα εργαλεία του Dieter. Και τα χρώματα και τα πινέλα της Germa και του Dieter. Και τα καβαλέτα.
Είναι ένα φιλόξενο σπίτι. Και εγώ βρίσκω τη θέση μου εδώ. Νιώθω να μεγαλώνω κι εγώ μαζί με το σπίτι. Κολλημένη. Φέτος είναι η θερινή μου κατοικία.

Το σπίτι των φίλων μου στο βράχο είναι ένα φιλόξενο σπίτι.
Ένα σπίτι με τριξίματα και χαραμάδες στις πόρτες και στα κουφώματα.
Ένα γενναιόδωρο σπίτι για όλων των ειδών τα πλάσματα.
Είμαστε όλοι το ίδιο εδώ. Έχουμε τα ίδια δικαιώματα.

10. Σαφάρι στη βεράντα

Υπάρχουν πολλά πράγματα που μπορεί κανείς να δεί πάνω στη βεράντα. Και από τη βεράντα. Υπάρχουν τόσα πολλά να δει κανείς που δεν είναι ποτέ δυνατόν να τα δει όλα αυτά. Επειδή όλα αλλάζουν ασταμάτητα. Κι όμως σχεδόν ανεπαίσθητα. Υπάρχουν πολλά να δει κανείς, και όταν κάποιος δεν το ψάχνει το πράγμα, το παραβλέπει κιόλας.

Είναι σχεδόν 11:00 η ώρα. Κι έχασα την καθημερινή διαδρομή της σαύρας στο χείλος της βεράντας. Ένα μήνυμα με κάλεσε στο δωμάτιο. Ακριβώς στην ώρα για να σώσω ένα από τα νέα μου κατοικίδια. Που του λείπει το ένα πόδι. Για την ακρίβεια την πεντάποδη ακρίδα μου. Μάλλον έπεσε από το ταβάνι και προσγειώθηκε ανάσκελα. Κείτεται αδέξια ανάσκελα σαν σκαθάρι. Για ένα ανάπηρο σκαθάρι να πώς τελειώνει η ζωή.

Υπάρχουν πολλά να δεί κανείς στη βεράντα. Και από τη βεράντα.

Το χωριό παίρνει τον υπνάκο του. Η ηρεμία του χωριού είναι παραπλανητική. Το τρέμουλο των τζιτζικιών συνεχίζεται. Ο Ήλιος κόβει βόλτες ανοίγοντας τις πύλες του για να με πειράξει. Προστατεύομαι κάτω από τη σκιά των κληματόφυλλων. Μόνο η θάλασσα δεν έχει καμία προστασία. Ο Ήλιος καθρεφτίζεται οδυνηρά στην επιφάνειά της.

Μερικές φορές τα πουλιά τραγουδούν σαν πάπιες. Ή μήπως εξακολουθούν να είναι τα τζιτζίκια οι τραγουδοποιοί, που έχουν παραλλάξει τις φωνές τους;

Οι γάτες εδώ είναι όλες ισχνές σαν φίδια. Πρέπει να νοιαστώ για την αγριόγατά μου. Υπέρβαρη και τεμπέλα.

Μια μικρή σαύρα εμφανίζεται. Πιθανόν η κόρη της μεγάλης σαύρας. Έχει μια γαλάζια ουρά. Παρατηρητικά, μικροσκοπικά μάτια. Και ένα σώμα διακοσμημένο σαν να φοράει κορσέ. Ένα καρώ κορσέ και μια μπλε φούστα που αγκαλιάζει στο σώμα. Περνάει κατά μήκος του τοίχου. Παγώνει στο βλέμμα μου. Περιμένει. Περιμένει για μια στιγμή απροσεξίας μου. Καθυστέρησης. Απουσίας. Τότε τρυπώνει σε μια χαραμάδα στον τοίχο.

Η μητέρα γάτα δεν πτοείται. Κοιμάται πάνω στην τέντα της καλοκαιρινής κουζίνας. Στη σκιά της μπουκαμβίλιας που ανθίζει εκστατικά.

Οι γάτες εδώ το ρίχνουν συνήθως στο κυνήγι. Για ακρίδες, ποντίκια, αρουραίους. Τον χειμώνα τρώνε ακόμα και ελιές. Και οτιδήποτε άλλο τους δίνει η φύση ή ο άνθρωπος. Ο άνθρωπος δίνει λίγο.

Από τη στιγμή που βρίσκομαι εδώ, έχω διευκολύνει τη ζωή μιας γάτας μάνας τεσσάρων. Αν της δίνω το σωστό φαγητό, αυτό δεν το ξέρω. Είναι ξαπλωμένη στο ψηλό χορτάρι με τα παιδιά της. Τα θηλάζει. Παίζει μαζί τους. Τα πειράζει και τα χαϊδεύει.

Μέρα νύχτα, κυνηγάει ασταμάτητα. Όταν κουραστεί, είτε από τα παιδιά είτε από το κυνήγι, έρχεται μερικές φορές σε μένα. Ή κρύβεται μέσα στην τεράστια, μυριάνθιστη φλογισμένη μπουκαμβίλια, που αφήνει τα κλαδιά της να κρέμονται από το ταβάνι της κουζίνας. Από εκεί έχει θέα σε όλη τη γύρω περιοχή. Βλέπει αν υπάρχει κανένα θήραμα κοντά. Ή αν έχω βάλει κάτι για εκείνη. Κάτω από το ταβάνι της κουζίνας, πάνω από το τζάκι, κρυμμένο σε μία χαραμάδα, ζει ένα ροζ, σχεδόν διαφανές, σαμιαμίδι.

Σπίτι χωρίς σαμιαμίδι είναι σπίτι χωρίς ψυχή, η Αφρικανή αδερφή μου η Yvonne Vera, από τη Ζιμπάμπουε, μου είχε πει κάποτε.

Η Yvonne έχει πεθάνει, αλλά τα βιβλία της και τά γνωμικά της παραμένουν ακόμα στη μνήμη μου.

11. Πορτοκαλένια ζωή, πορτοκαλένια μάθηση

Μια πορτοκαλιά λάμπει γεμάτη από μεγάλα, υπερμεγέθη πορτοκάλια στον πρωινό ήλιο.
Το βράδυ, στο φως που ξεθωριάζει.
Μια πορτοκαλιά, κατάμεστη. Μόνο για μένα.

Υπάρχουν τόσα πολλά να δει κανείς στη βεράντα. Και στον κήπο.
Τόσα πολλά, που τα πιο πολλά δεν τα προλαβαίνω.
Το πρωί η πορτοκαλιά χώνεται στο μανίκι μου.
Με κάνει να την προσέξω.
Μου ρίχνει ένα πορτοκάλι μπροστά στα πόδια μου.

Δεν θέλω να το πάρω αμέσως. Είναι ακόμα πολύ νωρίς και πρέπει να ποτίσω τον κήπο.
Ενώ έχω φύγει, παρεμβαίνει μια αράχνη.
Σχηματίζει ένα νήμα μεταξύ του πορτοκαλιού και της πορτοκαλιάς.
Το νήμα της αράχνης λάμπει στον πρωινό ήλιο.
Δεν παίρνω το πορτοκάλι.
Άφησα το πορτοκάλι να κείτεται χάμω.

Πολλές γενιές ζουν σε μια πορτοκαλιά. Μια οικογένεια. Μια φυλή. Μια ολόκληρη κοινωνία. Μερικές φορές μικρά μπουμπούκια, άνθη, πράσινα, ελάχιστα ορατοί σπόροι και ώριμοι καρποί, όλα συνυπάρχουν εκεί την ίδια στιγμή. Και όλα τους φαίνεται να τα πάνε μια χαρά.

Εάν τα πορτοκάλια είναι υπερώριμα, αφήνονται να πέσουν. Ή μαραίνονται. Ζαρώνουν. Πέφτουν στο έδαφος. Λιπαίνουν τη γη.

Ίσως θα πρέπει να πάρουμε μαθήματα από τις πορτοκαλιές.

12. Η Κλυταιμνήστρα και ο Ορέστης

Οι Μανιάτες είναι ξακουστοί για το πείσμα τους. Μα δεν είναι μόνο οι Μανιάτες πεισματάρηδες. Το ίδιο και οι ακρίδες. Για κάποιο λόγο, μερικές απ' αυτές επιμένουν στ' αλήθεια να ζήσουν μέσα στο δωμάτιό μου.

Τώρα έχω δυο κατοικίδια: τον Ορέστη, την πεντάποδη ακρίδα που προφανώς ανήκει στο γένος Anabrus, σε αποχρώσεις ώχρας με ελαφρώς γαλαζοπράσινα και κιτρινόμορφα σχέδια και καφετιές πατέντες στο εξωτερικό κέλυφος του σώματός της. Του Ορέστη του λείπει το πίσω πόδι. Περιστρέφεται κουτσαίνοντας σαν μονοπόδαρος.
Οι ακρίδες όντως έχουν τρία ζευγάρια πόδια. Αλλά τα πλατιά πίσω πόδια είναι τα πιο σημαντικά. Τα σαλταδόρικα πόδια. Με τους έντονα μορφοποιημένους, καλοφτιαγμένους μηρούς τους. Του Ορέστη του λείπει ένα τέτοιο σαλταδόρικο πόδι.

Το δεύτερο κατοικίδιό μου είναι κι αυτό μια ακρίδα. Με διαφανή, μεταξωτά ανοιχτοπράσινα πτερύγια. Αλλά με μόνο μία κεραία. Μόνο μισοεξοπλισμένη για τους κινδύνους του κόσμου. Γι' αυτό και το όνομά της Κλυταιμνήστρα από τώρα και στο εξής.

Δυστυχώς δεν είναι όλα δίκαια. Θα έλεγα μάλλον ότι είναι συγκεχυμένα.
Επειδή και τα δύο κατοικίδια είναι προφανώς θηλυκά. Και ανήκουν και σε διαφορετικά είδη. Μα είμαι κι

εγώ η ίδια πεισματάρα. Έτσι κι εγώ απλά ονομάζω την κουτσή ακρίδα Ορέστη.

Ορέστης ο Κουτσός.

Ορέστης ο Κουτσός. Τον πετάω έξω από το παράθυρο, κάτω στην πλαγιά. Αλλά νάτος πάλι πίσω! Κάθεται πάνω από την κουνουπιέρα μου και με κοιτάζει, ενώ κοιμάμαι.

Μα τον αφήνω εκεί, να με φυλάει ολονυχτίς. Αφού έχω καταλάβει ότι του αρκεί να μένει εκεί στην άλλη άκρη του πέπλου.

Τα πρωινά τον βλέπω να περδουκλώνεται πάνω στον τοίχο της κουζίνας.

Μήπως περιμένει από μένα να τον κεράσω πρωινό;

13. Σύντομη ιστορία μιας ακρίδας

Όσοι είναι οι κόκκοι της άμμου της θάλασσας, άλλα τόσα και τα είδη της ακρίδας.
Μοιάζουν με πούρα. Με ή άνευ πτερυγίων.
Με μακριές και κοντές κεραίες.
Μονόχρωμες ή πολύχρωμες.
Συναντάς άλλοτε μονόχρωμες σταχτοκαφετιές ακρίδες και άλλοτε άλλες στα χρώματα της Μαγιόλικης κεραμεικής. Με αρμονικές διακοσμήσεις.
Κάποιες ακρίδες πηδούν τρία μέτρα.
Κάθε είδος έχει δικό του τραγούδι.
Είμαι βέβαιη γι' αυτό. Κάθε μια ακρίδα έχει το δικό της ήχο. Ποιός όμως έχει το ταλέντο να το αναγνωρίσει. Να το διακρίνει;
Σίγουρα οι ειδικοί στο τραγούδι των ακρίδων.

Είναι σαρκοβόρες οι ακρίδες;
Η Κληταιμνήστρα και ο Ορέστης πάντα καταδέχονταν τα φρούτα μου για δώρα.
Ή σχεδόν.
Η Κλυταιμνήστρα και ο Ορέστης με εμπιστεύονται.

14. Καλοκαιρινοί φίλοι

Για κάμποσες μέρες η βεράντα μετατρέπεται στο κέντρο του σύμπαντος. Για κάμποσες μέρες ζω αποκλειστικά μέσα σ' αυτόν τον κόσμο. Μιλώ με τις ακρίδες και τα τζιτζίκια. Με τα κουνούπια δε συνεννοούμαι. Δε συντονιζόμαστε το ίδιο μήκος κύματος.

Μιλώ σε όλα τους μέσα στις σκέψεις μου. Διαφορετικά παραμένω σιωπηλή. Από το πρωί έως το βράδυ. Και τη νύχτα. Η σιωπή μου με τυλίγει σ' ένα βελούδο. Με γεμίζει. Νιώθει την καρδιά μου. Εύκολα, φωτεινά, εύκολα. Τριγύρω μου, τα πράγματα ψιθυρίζουν. Μια μυστική γλώσσα των ορατών και αοράτων. Υπάρχουν στιγμές. Σαν εκλάμψεις. Στιγμές, στις οποίες κατανοώ όλες τις γλώσσες.

Για καναδυό μέρες όλο μου το σύμπαν είναι η βεράντα και η απεραντοσύνη της θάλασσας. Σαν καθίσω στο τραπέζι, και τα δυο μοιάζουν να είναι ενωμένα. Σαν να κάθεται πάνω στη θάλασσα η βεράντα. Και αν σηκωνόμουν και δρασκέλιζα, θα μπορούσα να αφεθώ στο βελούδινο άσπρο κάλυμμα της θάλασσας. Ή ακόμα και να ριχνόμουν στα τυφλά από τη βεράντα σε μια αέναη ταλάντωση. Και τέλος να καταλαγιάσω τη δίψα μου για το συνεχώς μεταβαλλόμενο μπλε.

Μια μέρα θέλω να την κάνω δική μου τη θάλασσα. Μεθάω με το χρώμα της. Είμαι εθισμένη στο μπλε χρώμα.

Το σύμπαν της βεράντας τελειώνει στα όριά της. Από κάτω βρίσκεται ο βράχος. Οι ελαιώνες. Και η θάλασσα.

Μια μέρα θέλω να την κάνω δική μου τη θάλασσα. Να αναπνέω το μπλε. Να το πιω. Να ξεδιψάσω. Να υπερνικήσω την πείνα μου για το μπλε. Μια μέρα θα οδηγηθώ στη θάλασσα.

15. Ανάμεσα σε κόσμο ξανά

Περιμένω κάθε μέρα μπροστά από την απότομη στρο-
φή στο τέλος του χωριού. Εκεί, όπου η έξοδος από το
χωριό κάνει διχάλα. Προς τα πάνω, στα επόμενα χω-
ριά στα ψηλά βουνά. Προς τα κάτω, κοντά σε χωριά.
Κοντά σε ελαιώνες. Κοντά στους πύργους της Μάνης.
Κοντά σε πέτρινα σπίτια.
Στην πόλη δίπλα στη θάλασσα.
Στη θάλασσα.

Περιμένω μπροστά στη στροφή και κάνω ωτοστόπ με
τον αντίχειρά μου στους οδηγούς. Θέλω να γίνω συ-
νοδηγός τους. Και κάθε μέρα κάποιος με αφήνει πρό-
θυμα να μπω μέσα. Με παίρνει μαζί του.
Μερικές φορές πρέπει να μοιράσω τη διαδρομή μέχρι
τη θάλασσα σε τμήματα. Μπαίνω μέσα με διάφορα αυ-
τοκίνητα. Κάθε νέα ευκαιρία συνοδηγού με ενθουσιά-
ζει. Η περιέργειά μου ταξιδεύει μαζί τους. Και ακούει
νέες ιστορίες. Ο χρόνος του ταξιδιού είναι σύντομος. Τα
Ελληνικά μου απλά. Οι οδηγοί και εγώ, μιλάμε για απλά
πράγματα. Για φαινομενικά απλά πράγματα. Για τον
καιρό. Τη θάλασσα. Τον ήλιο. Τον ουρανό. Για τα παιδιά.
Για τη δουλειά. Για το μέλλον. Και επομένως και για τον
φόβο. Μιλάμε με τα χέρια και τα πόδια. Και με τα μάτια
μας. Μεταφράζουμε τα συναισθήματά μας σε κινήσεις
του στόματος και των φρυδιών. Μιλάμε με απλά λόγια.
Και είναι εκπληκτικό το πόσο καλά καταλαβαινόμαστε.
Πόσα μαθαίνουμε ο ένας από τον άλλο. Πόσο ίδιοι εί-
μαστε. Και ταυτόχρονα, πόσο διαφορετικοί.

Η γλώσσα των ματιών διευκολύνει την κατανόηση των λέξεων. Η γλώσσα των ματιών κάνει τις λέξεις περιττές.
Όταν κάποιος κοιτάζει μέσα στα μάτια του άλλου, ο φόβος διαλύεται. Και ρίχνει το βλέμμα του μέσα στον κόσμο του άλλου.

Κάθε μέρα με πηγαίνουν με το αυτοκίνητο στη θάλασσα και πίσω στο χωριό μου. Στο μοναχικό σπίτι στην πλαγιά του λόφου. Φέρνω νέους κόσμους μαζί μου. Τους τοποθετώ σαν φυτά που μάζεψα για να ξεραθούν σε μια συλλογή ξηρών βοτάνων.
Θα συναντώ κάποιους οδηγούς πιο συχνά. Και άλλους θα τους ξεχάσω. Σαν να μην έλαβε χώρα ποτέ η συνάντησή μας. Σαν να μην ήταν ποτέ αυτοί οι άνθρωποι.
Έγινε άραγε ποτέ η συνάντηση, αν κανείς δεν την θυμάται;

Σήμερα είμαι συνοδηγός του Παπανίκου. Ο Παπανίκος, ο τοπικός ιερέας.
Ενώ μου μιλάει, κοιτάζω κατευθείαν στον ουρανίσκο του. Ίχνη του πρωινού του στη γλώσσα του. Απομεινάρια παξιμαδιού. Απομεινάρια από ψίχουλα βουνίσιου ψωμιού.
Ο Παπανίκος έχει μια χαίτη μαύρη σαν το ράσο του. Μερικές λευκές τρίχες στους κροτάφους του. Πού θέλω να πάω; Θα με πάει με το αυτοκίνητο εκεί!
Θέλω να πάω στη θάλασσα! Ευχαριστώ πολύ, έξοχα. Μερικές φορές είναι δύσκολο να βρει κανείς κάτι κοινό με κάποιον. Αλλά με τον Παπανίκο τα πάντα εί-

ναι εύκολα. Είναι ευτυχής να οδηγεί με κάποιον άλλο συνοδηγό. Και να ανταλλάσσει μερικές κουβέντες. Ο Παπανίκος είναι νέος. Δεν έχει πατήσει ακόμα τα πενήντα. Γεννημένος στο Μπουένος Άιρες. Και τώρα ζει στη Σαϊδόνα. Και υπηρετεί τον Κύριό του στα χωριά της περιοχής: λέει τόσο δυνατά. Και η υπερηφάνεια του ως προς αυτό είναι αναμφισβήτητη.

Ο Παπανίκος είναι εύσωμος. Ζυγίζει έναν τόνο. Θα γέμιζε άνετα ένα βαρέλι ζύμωσης δαμάσκηνων. Το σώμα του μυρίζει έντονα. Όχι. Δεν πηγαίνει για κολύμπι στη θάλασσα. Επιτρέπεται στους Ορθόδοξους ιερείς να κολυμπούν. Αλλά δεν μπορεί να το κάνει τόσο καλά. Το κολύμπι εννοώ.

Το αυτοκίνητο του Παπανίκου είναι γεμάτο σκουπίδια. Ένα στικάκι USB στο ραδιόφωνο του αυτοκινήτου. Είναι ένα εκκωφαντικό σκληρό ροκ. Ναι, αγαπά τη μουσική. Το λέει λίγο με ντροπή. Αγαπά τη μουσική περισσότερο από οτιδήποτε άλλο. Όχι μόνο την εκκλησιαστική μουσική. Αυτή είναι Αυστραλιανή ροκ μουσική. Από το Διαδίκτυο.

Θέλει να βάλει μουσική δυνατά. Ωραία, λέω. Πολύ ωραία. Βάζει τη μουσική στη διαπασών. Τα ντραμς στο ρυθμό με ενθουσιασμό. Μόλις που κάθεται στο κάθισμά του.

Όσο για τις πολλές στροφές, εγκαταλείπομαι στο έλεος του Θεού. Δεν θα μπορούσα να είμαι σε καλύτερα χέρια. Θα 'πρεπε να φτύσω στον κόρφο μου. Και να κάνω εννέα βήματα προς τα πίσω. Έτσι η κακοτυχία δεν μπορεί να με βρει. Όταν μια μαύρη γάτα ή ένας ιερέας περνά από μπροστά μου. Έτσι λένε στην πατρίδα μου.

Δεν είχα χρόνο να κάνω πίσω εννέα βήματα. Ο Πα-
πανίκος είχε ένα πλατύ χαμόγελο. Με μια χειρονομία
πρόσκλησης, άνοιξε την πόρτα του αυτοκινήτου διά-
πλατα. Μπήκα μέσα και με πήγε στη θάλασσα. Σχεδόν
στη θάλασσα.

Κατά το βραδάκι, βαδίζω με τη βαριά πλέον τσάντα
μου λίγα χιλιόμετρα με τα πόδια. Από την παραλία
μέχρι τη διχάλα πάνω στα βουνά. Μέχρι πάνω στον
δρόμο προς τον Πύργο. Περισσότερες ιδέες στο ση-
μειωματάριό μου. Αλάτι και θάλασσα στο μπανιερό
μου. Για να μην πω και για την άμμο.

Η Λίζα, μία Σουηδέζα με χρυσά μαλλιά και λαμπερά
μάτια, με παίρνει μαζί της. Η Λίζα είναι ερωτευμένη με
την περιοχή. Και με τη χώρα των Ελλήνων.
Η Λίζα έχει δύο παιδιά και ένα στούντιο μασάζ στη
Σουηδία. Τα έχει παρατήσει όλα. Όχι. Δεν είναι τρελή.
Ο γιος της είναι μόλις είκοσι. Η κόρη της κάπως με-
γαλύτερη. Την δουλειά την άφησε στα χέρια μιας νέας
Ρουμάνας. Δεν το πιστεύω. Ασφαλώς, λέει. Είναι ειδι-
κός. Αλλά ακόμα κανείς άλλος δεν την προσλαμβά-
νει. Είναι ήδη δύσκολο για τους Σουηδούς να βρουν
δουλειά στη Σουηδία. Η Λίζα λέει: αυτή η γυναίκα θα
μου φέρει καλή τύχη. Μπορώ να φύγω, ενώ η δουλειά
θα συνεχίζει να τρέχει. Οι πελάτες δεν εγκαταλείπο-
νται. Είναι μια κατάσταση όπου όλοι κερδίζουν.

Γεννήθηκα στη Ρουμανία λέω. Και γελάμε. Μέχρι τη
στιγμή που αφουγκράζεται το αυτοκίνητό της. Τι πα-
ράξενος θόρυβος, λέει η Λίζα. Ίσως να πρέπει και οι

δυο μας να ανεβούμε με τα πόδια. Ή να κάνουμε πεζοπορία. Το τεπόζιτο είναι σχεδόν άδειο. Πώς μου διέφυγε; Είχε αρκετή βενζίνη χθες, είπε η Λίζα. Και η Λίζα μένει πάνω στο βουνό. Στα μισά του δρόμου προς τα πάνω. Ωστόσο με ανεβάζει μέχρι πάνω με την τελευταία σταγόνα βενζίνης. Αν δεν μου φτάσει, μπορώ να αφήσω το γκάζι και να τσουλήσει το αυτοκίμητο προς τα κάτω. Έτσι λέει. Και γελάει. Και δέομαι σε θεούς και δαίμονες να έχει αρκετή βενζίνη η Λίζα μέχρι να φτάσουμε στο πιο κοντινό βενζινάδικο.

16. Ακρογιάλι, εδώ και τώρα

I

Εάν το καθετί δεν καταγραφεί αμέσως, τα περισσότερα από αυτά χάνονται. Διάθεση. Εντυπώσεις. Αναμνήσεις λεπτομερειών. Υπάρχουν τόσα πολλά να δει κανείς και μονάχα λίγα παραμένουν στη μνήμη. Πάλι καλά. Πρόκειται για μια ασυνείδητη επιλογή. Σύμπτωση. Απροσεξία. Προστασία από την υπερδιέγερση. Πρόκειται άραγε για απώλεια;

Θέλω να είμαι παντού. Το να είμαι παντού σημαίνει ότι δεν είμαι πουθενά. Αυτό είναι βέβαιο. Και όμως το ξεχνάω αμέσως.

Το να θέλει κανείς να είναι παντού. Ταυτόχρονα. Μια ψευδαίσθηση με κόστος. Κάποιος χάνεται. Μέσα στον εαυτό του χάνεται. Και στον κόσμο. Ρίχνεται εκτός ζωής. Σε έναν οριακό τόπο. Όπου δεν υπάρχει τίποτα. Όπου η μνήμη παραμένει κενή. Δεν υπάρχουν φωτογραφίες. Ένα δωμάτιο, σαν μια μαύρη τρύπα που καταπίνει τα πάντα.

Το να θέλεις να είσαι παντού. Για να μην χάσεις τίποτε. Για να κάνεις πράγματα λίγο-λίγο. Το ένα μετά το άλλο. Και μετά τόσα πολλά χωράνε στη μέρα σου. Το ένα μετά το άλλο, σιγά-σιγά. Και τότε η μέρα φαίνεται ατέλειωτη. Και γεμάτη γεγονότα.

Το ένα μετά το άλλο. Ξανά και ξανά πρέπει να το μαθαίνω. Παρ' όλο που το ξέρω ήδη. Και αμέσως μετά να το ξεχάσω πάλι.

Είναι το πιο αυτονόητο πράγμα. Και όμως κανείς δεν μπορεί ν' αντισταθεί στην έλξη της ταυτοχρονίας. Το να θέλει να είναι πανταχού παρών. Αυτοενδυνάμωση. Παντοδυναμία.

II

Κάθομαι στο «Ακρογιάλι», ένα καφέ-εστιατόριο στο λιμανάκι της Στούπας. Στο τραπέζι παραμένουν το πιατάκι και το πηρούνι. Ένα χρησιμοποιημένο πηρούνι. Το πηρούνι κείτεται δίπλα στα απομεινάρια. Δίπλα στα ίχνη της ύπαρξής μου. Κείτεται δίπλα στην καρπουζόφλουδα. Τη σκούρα γαλαζοπράσινη καρπουζόφλουδα. Η σκοτεινή δύναμη του γαλαζοπράσινου διαχέεται. Διαλύεται. Γίνεται ανοιχτό πράσινο στην επόμενη στρώση. Βυθίζεται. Μια έντονη εναλλαγή χρωμάτων. Ή ακόμα και αγώνας εξουσίας. Και κανείς δεν μπορεί να πει με σιγουριά ποιο χρώμα θα επικρατήσει.

Η χυμώδης σάρκα των καρπουζόφλουδων έχει εξαφανιστεί. Σημάδια από δαγκωματιές στις γυμνές άκρες τους. Ανάμεσά τους, κομμάτια από μαραγκιασμένες ρουφηγμένες φέτες, από τις οποίες στάζουν οι τελευταίες ζαχαρώδεις σταγόνες του καρπουζιού.

Στο τραπέζι το πηρούνι που έχει αποξενωθεί, στερείται νοήματος. Κοντά στην εγκαταλελειμένη καρπουζόφλουδα. Στο εξατμισμένο άρωμα του ζαχαρώδους χυμού.

Απομένει ένας μαύρος, γλιστερός σπόρος στο στόμα. Η γλώσσα τον σπρώχνει εδώ και εκεί. Γλιστράει πίσω από τα δόντια. Απειλεί να τρυπώσει μέσα στον λαιμό. Τον φτύνω. Τον τοποθετώ στο πιάτο. Μια λαμπερή πέτρα. Που μετατρέπεται σε καθρέφτη από τον ήλιο. Δίπλα του οι άλλοι σπόροι έχουν ήδη ξεθωριάσει.

Στο τραπέζι παραμένει το πιάτο. Το δικό μου πιάτο. Το φως προσπερνά τη σκιά του ήλιου πάνω στη βεράντα. Φτάνει μέχρι το τραπέζι, λίγο λίγο. Φτάνοντας μέχρι τα απομεινάρια του καρπουζιού.
Στο βάθος, η θάλασσα. Τα σκάφη και τα ιστιοφόρα στο λιμανάκι.
Στο βάθος, η θάλασσα. Η εύκολη, σταθερή κίνηση του νερού.

Είμαι στο ίδιο επίπεδο με τη θάλασσα.
Κάνω αυτή τη διαπίστωση. Την ίδια στιγμή με το πιάτο και το πηρούνι στο τραπέζι. Με το θυσιασμένο αίμα του καρπουζιού μπροστά στα μάτια μου. Με τα σκάφη στο φόντο. Συνειδητοποιώ ότι βρίσκομαι δίπλα στη θάλασσα. Κάθομαι στη βεράντα του εστιατορίου. Το τραπέζι μου δίπλα στο κράσπεδο. Στο κράσπεδο τα πράσινα ξύλινα κιβώτια, από τα οποία πέτρινα λουλούδια με τα χυμώδη φύλλα τους ξεφυτρώνουν. Από τα οποία οι πετούνιες τεντώνονται με χαρά. Με σαφήνεια διαγράφονται στον αέρα. Με σαφήνεια, σαν να ήταν πιο πραγματικά από την πραγματικότητα. Ενώ η θάλασσα φαίνεται λίγο θολή. Θαμπή και μη πραγματική.

Είμαι κάτω, δίπλα στη θάλασσα και νοσταλγώ τη ζωή μου στη βεράντα μου.

Κάνω καλά;

Είμαι κάτω, δίπλα στη θάλασσα. Και το ξέρω. Κάθομαι σ' αυτή τη βεράντα. Κάθομαι δίπλα στη θάλασσα. Κοιτάζω αυτό το πιάτο. Και ξέρω. Ήμουν εδώ. Όχι. Είμαι εδώ. Εδώ και τώρα. Και ακόμα. Είμαι, όσο αντιλαμβάνομαι τον εαυτό μου εδώ. Εδώ και τώρα. Είμαι εγώ.

Εδώ και τώρα. Είμαι εγώ.

Δεν είμαι στη βεράντα μου στην πλαγιά του βουνού. Όχι με τις ακρίδες. Με τις πεταλούδες, τις αράχνες, τα σαμιαμίδια, τις σαύρες, τις γάτες, τα πουλιά και τα φυτά. Με τους ανθρώπους στο χωριό. Με θέα τα πλάτη της θάλασσας.

Δεν μπορώ να είμαι σε δύο μέρη ταυτόχρονα. Ποτέ δεν θα μάθω τι έχασα στη βεράντα, ενώ είμαι εδώ δίπλα στη θάλασσα. Ποτέ δεν θα μάθω τι έχασα έξω στον κόσμο. Κάποιος δεν μπορεί να είναι ταυτόχρονα. Να είναι και να μην είναι, ταυτόχρονα. Κάπου. Είμαι στη βεράντα δίπλα στη θάλασσα.

Σκέφτομαι το πιάτο και τις αντανακλάσεις του φωτός πάνω του. Τα απομεινάρια του καρπουζιού και των σπόρων.

Και ξαφνικά αισθάνομαι πως είμαι εδώ. Και είμαι τώρα. Αυτό είμαι εγώ. Το ξέρω. Και το νιώθω. Αυτό είναι το πιάτο μου. Και η θάλασσα στο βάθος είναι η θάλασσά μου. Είναι και δική μου θάλασσα. Η θάλασσα είναι δική μου. Επειδή το αντιλαμβάνομαι. Και όσο το αντιλαμβάνομαι, είναι η θάλασσά μου. Και τα βουνά πίσω από αυτή. Και ακόμη και ο ουρανός, που εξακολουθεί να έχει χώρο στη θέα μου, είναι ο ουρανός μου. Όσο αντιλαμβάνομαι τα πάντα, μου ανήκουν. Και επομένως είμαι απίστευτα πλούσια. Ατελείωτος πλούτος. Όσο κοιτάζω εδώ και τώρα πάνω από το πιάτο μου με το πηρούνι. Πάνω από τη θάλασσα. Πάνω από τα βουνά. Στον ουρανό. Πάνω από οτιδήποτε συλλαμβάνεται από τη ματιά μου.

Και όσο ευρύτερη είναι η προοπτική μου, τόσο μεγαλύτερη είναι η περιουσία μου. Όσο ευρύτερη είναι η προοπτική μου, τόσο μεγαλύτερος είναι ο πλούτος μου. Και θέλω να τον συλλάβω αυτόν τον πλούτο. Με λέξεις. Γραπτές. Ομιλούμενες. Με λόγια και εικόνες. Εικόνες. Κινούμενες και μη κινούμενες εικόνες. Θέλω να τον πιάσω. Να τον συγκρατήσω. Να την κρατήσω αυτή την περιουσία για πάντα. Την κρατώ και την αδράχνω. Κρατάω σφιχτά στη χούφτα μου το κάθετι. Κι όταν ανοίγω τη χούφτα μου, τίποτε δεν υπάρχει πια. Πρέπει να εμπιστευθώ τη μνήμη μου. Αλλά κι αυτή είναι παροδική. Τεχνητή. Σαν να αποτελούνταν από αναρίθμητα pixels που τρέμουν στην οθόνη του αέρα. Σε μία πανοραμική προβολή. Και κάθε δευτερόλεπτο μπορεί να εξαφανιστεί. Και το κάθετι εξαφανίζεται. Για πάντα.

III
Το κάθετι θα χαθεί. Αν δεν κάνω μία προσπάθεια να το θυμηθώ. Για παράδειγμα, το χθες.

17. Τι απέμεινε απ' τη μέρα

I
Τι είναι το σημαντικό απ' το χθες;
Απ' το προχθές;
Γιατί θα πρέπει να το θυμάμαι;
Θα χαραχτεί στη ζωή μου.
Θα διαμορφώσει τη ζωή μου.
Ποιανού τη ζωή θα διαμορφώσει;
Αν το κάθετι χάνεται.
Αν το κάθετι ξεχνιέται.
Θα συνεχίσει να υπάρχει το σήμερα;

II
Ήταν Κυριακή. Η μέρα που οι Αθηναίοι καταφθάνουν.
Πατέρας και γιος με πήραν μαζί τους.

Από το Βερολίνο! Είστε από το Βερολίνο! Λέει ο ενή-
λικος γιος. Εντυπωσιακή πόλη. Κι έτσι άρχισε η κου-
βέντα μας.
Ήμουν στο Βερολίνο για μία εβδομάδα, ήθελα να δω
την πόλη. Ξεκίνησα με το Νησί των Μουσείων. Και
δεν μπορούσα να το αφήσω μετά από μία εβδομάδα.
Πρέπει αναμφίβολα να επιστρέψω εκεί κάποια στιγμή.
Για να μπορέσω επιτέλους να δω την πόλη.
Και πώς τελικά κατέληξε η μάχη με αφορμή το παλάτι;
Ήθελε να μάθει.

Είμαι αρχιτέκτονας, λέει ο πατέρας. Ναι, μου αρέσει
η Πλατεία Πότσδαμ. Ωστόσο η ιστορία δεν θα έπρε-
πε να εξαλειφθεί. Στην Πλατεία Πότσδαμ. Μπορεί να

την δει κανείς και εκεί, επίσης. Η αίθουσα Κάιζερ βρίσκεται ακόμα εκεί. Ίχνη της. Και αυτά ενσωματωμένα σε ένα καινούργιο κτίριο. Θαυμάσιο. Αλλά το Παλάτι της Δημοκρατίας; Καλά, λέγεται ότι είναι γεμάτο από αμίαντο. Αλλά και πού δεν χρησιμοποιούσαν αμίαντο τότε!

Πατέρας και γιος ήρθαν μόνοι τους. Η μητέρα έμεινε στην Αθήνα. Δεν της αρέσει να έρχεται εδώ πια. Αλλά οι δυο τους έρχονται ακόμη. Έχουν ένα παλιό σπίτι στη Σαϊδόνα. Η Σαϊδόνα, το όμορφο χωριό. Ακόμη πιο ψηλά, πάνω στα βουνά. Η Σαϊδόνα, η τρομερή φωλιά των Κομμουνιστών.

18. Ντάνιελ, ο Σωτήρ του Εαυτού του

Ένα άλλο πρωινό συνάντησα τον Ντάνιελ. Πριονίζει και χτυπά με το σφυρί του στο γειτονικό κήπο. Στρέφει το κεφάλι του προς εμένα και φωνάζει. Θέλει να μάθει αν ο σωλήνας του νερού λειτουργεί. Όχι, δεν υπάρχει νερό. Η παροχή του νερού διακόπτεται ξανά. Μια από τα ίδια κάθε καλοκαίρι, λέει. Όλο το νερό διοχετεύεται προς τα κάτω. Στα ξενοδοχεία. Στους τουρίστες. Μερικές φορές για μέρες επίτηδες.

Ο Ντάνιελ δεν τα έχει με τους τουρίστες. Μάλλον τα βάζει με τους κατοίκους των γειτονικών χωριών. Χρόνια τώρα, δεν τον υποστήριξαν στα σχέδιά του για ικανοποιητική παροχή νερού. Υπάρχει αρκετό νερό εδώ πάνω στα βουνά. Έχτισε τη δική του γραμμή νερού. Πάντοτε έχει νερό.

Ο Ντάνιελ μένει στην Πηγή. Πιο συγκεκριμένα, πάνω από την Πηγή που βρίσκεται στο διπλανό βουνό. Έρχεται εδώ γιατί φροντίζει τα εξοχικά σπίτια των ξένων και έχει δουλειές να κάνει.

Ο Ντάνιελ έχει δάχτυλα που δεν τα έχω ξαναδεί ποτέ μου. Σαν να είχε σφυρηλατηθεί το καθένα δάχτυλο ξεχωριστά την ώρα που αναπτυσσόταν. Και έτσι διαμορφώθηκαν τα ακροδάκτυλα. Πρησμένα. Τα νύχια των δακτύλων πολύ γαμψά. Σκληρά και ροζιασμένα.

Από κάθε άποψη ο Ντάνιελ ήταν μοναδικός. Τουλάχιστον δεν υπάρχουν πολλοί σαν κι αυτόν.
Μια διαφορετική ζωή. Με αυτόν τον τίτλο η Αργεντινέζικη τηλεόραση έκανε ένα ρεπορτάζ για εκείνον. Λίγο καιρό μετά τη Χούντα.
Η ζωή του Ντάνιελ είναι πολύ διαφορετική.
Του Ντάνιελ από την Πηγή. Έτσι με φωνάζουνε εδώ. Όμως στην πραγματικότητα είμαι από την Αργεντινή, λέει.

Από την Αργεντινή. Σαν τον Παπανίκο!
Όχι, αυτός γεννήθηκε εκεί ως Έλληνας. Εγώ δεν γεννήθηκα απλώς εκεί. Είμαι ο ίδιος Αργεντινός. Ή τουλάχιστον μέρος του εαυτού μου.

Ο Ντάνιελ έχει γερμανικό επίθετο. Τα Γερμανικά του είναι άψογα. Διαφύγαμε πριν τη Χούντα, λέει ο Ντάνιελ. Ο πατέρας μου ένιωσε τον κίνδυνο πριν γίνει αισθητός στους άλλους. Πρώτα μεταναστεύσαμε στο Ισραήλ. Μετά σκορπιστήκαμε στον κόσμο ξανά. Έζησα σε διάφορες χώρες.
Υπηρέτησα και στον Ισραηλινό Στρατό. Δούλευα στην κουζίνα. Γίνεται μάχη και εκεί κάθε μέρα. Η Σφαγή των Κρεμμυδιών. Χωρίς κρεμμύδια, τίποτε δε γίνεται, έλεγε ο μάγειράς μας. Έμαθα πολλά απ' αυτόν. Όλη αυτή τη μαγειρική την έμαθα από εκείνον. Από έναν Ρουμάνο που ασπάστηκε τον Ιουδαϊσμό.

Δεν ήθελα να είμαι στον στρατό. Σε οποιονδήποτε στρατό. Και με την πρώτη ευκαιρία, τό 'σκασα. Πεζοπορία

σε όλη την Ευρώπη. Έζησα στη Γερμανία για ένα διά-
στημα. Ερωτεύτηκα εκεί. Έχω ένα παιδί Γερμανάκι. Τι
σημαίνει αυτό στ' αλήθεια. Γερμανός. Η οικογένειά μου
είναι βαθιά ριζωμένη στη Γερμανία. Έχω πολλά διαβα-
τήρια. Πολλές υπηκοότητες. Ως Εβραίος ο καθένας
μας πρέπει να είναι πολύ προσεκτικός. Να αυτοπρο-
στατεύεται. Να κρατά πολλές πόρτες ανοιχτές για τον
εαυτό του.
Έχω πολλές υπηκοότητες. Αλλά δεν ήθελα να υπηρε-
τήσω σε κανένα στρατό. Δεν πιστεύω στον πόλεμο.
Δεν πιστεύω σε κανέναν.

Ο Ντάνιελ δεν εμπιστεύεται κανέναν. Μόνο τον εαυ-
τό του. Γι' αυτό χτίζει το βασίλειό του στη μοναξιά.
Ένα κομμάτι γης. Ένα μεγάλο κομμάτι γης αγόρασε.
Πολύ μακριά. Στην άγρια φύση.
Μα ίσως εμπιστεύετα τα βιβλία.
Ο Ντάνιελ λέει: το διάβασμα είναι πράγματι η πιο ση-
μαντική μου ασχολία. Σε τελική ανάλυση, δουλεύω
για να μπορώ να διαβάζω.

Ο Ντάνιελ διαβάζει ό,τι πέφτει στα χέρια του. Οτιδή-
ποτε πέφτει στη ματιά του. Στο Ίντερνετ πολλά πέ-
φτουν στην αντίληψή του. Σήμερα ο καθένας μπορεί
να αποκτήσει βιβλία πολύ φτηνά. Το μόνο που του
χρειάζεται είναι ένας ηλεκτρονικός αναγνώστης, ένα
kindle.

Ο Ντάνιελ διαβάζει σε πολλές γλώσσες, αλλά όχι Ελ-
ληνικά. Όχι, τα Ελληνικά μου δεν είναι αρκετά καλά για
ποίηση. Δεν κάνω και πολλή παρέα με τους Έλληνες.

Ζω σχεδόν αποκλειστικά με τους ξένους και δουλεύω για τους ξένους. Μετά λύπης μου, διαβάζω Ελληνική ποίηση μέσω περιστροφών, σε πολλές άλλες γλώσσες.

Ο Ντάνιελ ζει μέσα στο άγριο δάσος. Έχτισε το σπίτι του εκεί μόνος του. Θέλει να είναι όσο πιο ανεξάρτητος μπορεί. Η ηλεκτροδότηση είναι ηλιακής μορφής. Το νερό από τα βουνά. Και από τον ουρανό. Συγκεντρώνει το νερό της βροχής σε μία γιγαντιαία υπόγεια μαρμάρινη στέρνα. Είναι από τον ενδέκατο αιώνα. Έτσι ισχυρίζεται ο Ντάνιελ.

Τις περισσότερες φορές μαγειρεύει το φαγητό του σε έναν ηλιακό φούρνο σε σχήμα κουτιού. Αυτοσχέδιο από μία πεταμένη επίπεδη επιφάνεια ενός σκάνερ.

Δεν μπήκα στο βασίλειο του Ντάνιελ. Η πρόσκληση για δείπνο από τον τετράγωνο φούρνο θα αναβληθεί μέχρι το επόμενο καλοκαίρι. Το φετεινό καλοκαίρι είναι πολύ σύντομο για κάτι τέτοιο.

19. May the Earth Rest Lightly upon Them

Ο Ντάνιελ δεν είναι ο μόνος που ζει διαφορετικά εδώ. Πολύς κόσμος ζει διαφορετικά εδώ. Ήρθαν εδώ από όλο τον κόσμο. Έμειναν εδώ. Επειδή μπορούν να ζουν διαφορετικά εδώ. Επειδή τους ταιριάζει αυτή η χώρα με την άγρια ομορφιά της και τα πλούσια χρώματά της. Πολλοί άνθρωποι ζουν διαφορετικά εδώ. Ήρθαν εδώ από όλα τα μέρη του κόσμου. Κάποιοι για λίγο. Άλλοι θέλουν να επιστρέψουν μετά το πέρασμά τους.

Και τον Sir Patrice Leigh Fermor ακόμα θα μπορούσα είχα συναντήσει εδώ. Τον ήρωα από τον Δεύτερο Παγκόσμιο Πόλεμο. Τον θρυλικό ορειβάτη και ταξιδιωτικό συγγραφέα. Θα μπορούσα να τον είχα δει να κάθεται σε ένα καφενείο στην Καρδαμύλη, διαβάζοντας εφημερίδες και κοιτάζοντας τη θάλασσα. Παρ' όλο που υπάρχει αρκετή θάλασσα στον κόλπο του στο Καλαμίτσι.

Ίσως να με είχε πάρει μαζί του για ένα μέρος της διαδρομής προς το Καλαμίτσι. Ή ακόμα και να με πέταγε με το αυτοκίνητο μέχρι τον Πύργο λόγω της τυπικής Αγγλικής ευγένειας.
Όχι ακριβώς λόγω ευγένειας. Λόγω συμπάθειας προς τους ορειβάτες και τους αναβάτες. Σίγουρα αυτός θα το είχε κάνει αυτό. Αν στο μεταξύ δεν είχε γεράσει. Αν δεν είχε υποφέρει από την αρρώστια της όρασης των γαλαριών. Να βλέπει δηλαδή τους ανθρώπους σαν να

ήταν ζωγραφισμένοι από τον Πικάσσο. Με τέσσερα μάτια. Το ένα από αυτά τεράστιο. Και δεμένο στη δεξιά γωνία του ματιού.

Ο Sir Patrick Leigh Fermor. Θα μπορούσα ακόμα και να τον είχα ζήσει. Αν δεν ήμουν ντροπαλή και απρόσεκτη ταυτόχρονα. Και αν δεν είχα αδιαφορήσει να κανονίσω συνάντηση μαζί του. Αν είχα κατανοήσει έγκαιρα ότι ακόμη και ο μεγάλος αυτός ταξιδευτής θα τελείωνε κάποτε το γήινο ταξίδι του.

Ο Sir Patrick Leigh Fermor. Ή απλώς Paddy. Μόλις πρόσφατα έμαθα ότι είχε σχέση με μία Μολδαβή πριγκίπισσα από τον Οίκο των Καντακουζηνών και είχε περάσει κάποιο διάστημα στη Ρουμανία πριν από τον πόλεμο.

Ο Sir Patrick θα πρέπει να ήταν διαόλου κάλτσα. Τουλάχιστον ως νέος. Αφού είχε αποβληθεί από διάφορα σχολεία της Αγγλίας. Θεωρούσε την έλλειψη πειθαρχίας του ως το μεγαλύτερο χάρισμά του. Για το οποίο και ήταν πολύ ευγνώμων στους γονείς του. Την εκκεντρική μητέρα του. Και τον βασιλόφρονα, νομοταγή πατέρα του. Επειδή όταν πήρε μέρος σε μία γεωλογική αποστολή εν ονόματι του Γεωργίου του Ε', Βασιλιά της Αγγλίας και Αυτοκράτορα της Ινδίας, πήρε μαζί του τη γυναίκα του και άφησε τον μικρό τότε Πάτρικ με θετούς γονείς σε μία αγροικία.

Τα σχολεία δεν μπορούσαν να τον κάνουν καλά τον μικρό. Ούτε και εκείνος τα πήγαινε καλά μαζί τους. Στα δεκαοχτώ του, τα παράτησε όλα και πήγε στην

Κωνσταντινούπολη. Με τα πόδια. Σαν τον Όργουελ. Στο σακκίδιο στον ώμο του: μπογιές, στυλό, σημειωματάρια, μπλοκ ζωγραφικής, Αγγλική ποίηση και ένας τόμος ποίησης του Horaz.

Θα πρέπει να ήταν διαόλου κάλτσα. Αλλιώς η Αγγλική Μυστική Υπηρεσία δεν θα τον είχε προσλάβει. Και ο πόλεμος ξέσπασε. Και τον άφησαν τότε να πετάξει με το αλεξίπτωτό του πάνω από την Κρήτη. Αλλιώς δεν θα είχε οργανώσει την Αντίσταση των συμμοριτών εκεί. Αλλιώς δεν θα είχε καταφέρει να απαγάγει τον Στρατηγό Kreipe της Wermacht. Καταμεσήμερο. Μπροστά στα μάτια των Γερμανών αξιωματικών. Εδώ ακριβώς, στην τραχιά Μάνη, έστησε το σπιτικό του. Ακριβώς στον κόλπο του Καλαμιτσίου. Ανάμεσα στην Στούπα και την Καρδαμύλη. Σχεδίασε το σπίτι μαζί με τη γυναίκα του την Τζοάν, και το έχτισε εν μέρει μόνος του. Το ονόμασε ποιητικό σπίτι. Χτισμένο για εκείνον και άλλους ποιητές. Ένα ποιητικό σπίτι με θέα στη θάλασσα. Και στον Ταΰγετο. Με τη δική του παραλία. Ένα αξιοθαύμαστο σπίτι.

Ακριβώς εδώ βρήκε την ηρεμία να γράψει τα ταξιδιωτικά του βιβλία. Και ακόμη και στα 93 του, έμαθε να γράφει στον υπολογιστή. Ο Πάντυ και η Τζοάν ήθελαν να ζήσουν διαφορετικά. Να ζήσουν στη Μάνη. Αλλά δεν ήθελαν να πεθάνουν εκεί.

Μόνο ο Μπρους το ήθελε αυτό.

Ο Μπρους Chatwin.

Είχε επισκεφτεί αρκετές φορές τον Sir Patrick και την Τζοάν και ερωτεύτηκε την περιοχή. Τόσο πολύ, που ήθελε να πεθάνει εκεί.

Απέτυχε όμως.

Η γυναίκα του η Ελίζαμπεθ μόνο έφερε τις στάχτες του στην Καρδαμύλη. Αναμείχθηκαν με το χώμα στην αγαπημένη του εκκλησία, ένα μικρό βυζαντινό ορεινό παρεκκλήσι πάνω από το σπίτι των Fermor. Και ραντίστηκαν γενναιόδωρα με ρετσίνα.

Ας είναι ελαφρύ το χώμα που τον σκεπάζει, ο Φέρμορ, η Ελίζαμπεθ και η Τζοάν έψαλλαν εκεί. Και ήπιαν πολλή ρετσίνα οι ίδιοι.

Să le fie ţărâna uşoară.

May the earth rest lightly upon them.

Ας είναι ελαφρύ το χώμα που τους σκεπάζει όλους τους.

20. Σήμερα, για τη βροχή

Έμεινα σχεδόν κατάπληκτη κάτω, δίπλα στη θάλασσα. Αλλά ακόμα και πριν ξεσπάσει η ίδια η καταιγίδα, ακόμα και πριν αρχίσει η νεροποντή, ήμουν πάνω στη βεράντα μου. Στο σπίτι μου. Δεν θέλετε να μπείτε μέσα; Η Λίζα με φώναξε μέσα από το ανοιχτό παράθυρο του αυτοκινήτου της. Είχε εγκλωβιστεί για λίγο σε μποτιλιάρισμα μπροστά στη βεράντα.

Η βροχή έρχεται ξαφνικά εδώ. Με τη βία μιας φυσικής καταστροφής. Η καταιγίδα ξεσκίζει τις τέντες. Ρεύματα στους δρόμους. Η θάλασσα πλημμυρίζει την παραλία. Ομπρέλες στριφογυρίζουν πάνω στην άμμο. Όλα όσα δεν είναι κάπου καρφωμένα πετάνε γύρω γύρω. Ο δρόμος μέχρι τα χωριά γίνεται επικίνδυνα ολισθηρός. Οτιδήποτε έχει ρόδες θέλει να ξεφύγει από την παραλία πριν ξεσπάσει η βροχή.

Πίνω έναν Ελληνικό στο παγωτατζίδικο του Λέοντα, στο μπαρ του δρόμου απέναντι από την παραλία. Ο Λέων φτιάχνει καλό καφέ. Έχει άφθονο χώρο στη βεράντα. Μια γρήγορη σύνδεση στο Ίντερνετ. Και σταθερές απόψεις για την παγκόσμια πολιτική. Επιπλέον προσφέρει στους πελάτες του και δωρεάν ξαπλώστρες. Πολλοί λόγοι για να μεταφέρω συχνά το γραφείο μου εδώ.

Ο Λέων ήταν αστυνομικός. Στην πραγματικότητα ένας υψηλόβαθμος αξιωματικός της Αστυνομίας. Εργαζόταν για την Υπηρεσία Ασφαλείας της κυβέρνησης. Και επειδή ήταν τόσο κοντά στους πολιτικούς, τώρα σκέφτεται ότι είναι αναμφίβολα ικανός όσον αφορά την παγκόσμια πολιτική. Δεν υπάρχει κρίση, λέει. Είναι πόλεμος. Μια συνωμοσία κατά της Ελλάδας και των χωρών της Μεσογείου. Και του Αραβικού κόσμου.

Η Λίζα ανοίγει την πόρτα του αυτοκινήτου της. Να μην μας πιάσει η βροχή. Δεν έχω καλά ελαστικά. Αρπάζω τον υπολογιστή μου από το τραπέζι. Τον μαζεύω στα γρήγορα.
Avrio! Φωνάζω στο Λέοντα. Πληρώνω, αύριο!

Όπως έρχεται, έτσι φεύγει. Η βροχή.
Μόλις βρεθώ στη βεράντα μου, η βροχή έχει ήδη κοπάσει. Η θάλασσα βυθίζεται ξανά στο φως. Αλλά στα βουνά πάνω από μας οι βροντές συνεχίζονται.

21. Το άρωμα του Κόσμου

Μέσα από το ανοιχτό παράθυρο το άρωμα των λεμονιών τρυπώνει μέσα. Γλυκόξινο-πικάντικο.
Και η μυρωδιά της μελινής. Της βέρβενης. Της πικροδάφνης. Ποιος λέει ότι η πικροδάφνη δεν έχει άρωμα!

Ο ουρανός μάς έχει χαρίσει μόνο μια σύντομη ανακωχή. Έναν χώρο αναπνοής.
Η βροχή πέφτει δροσερά πάνω από το ηλιόλουστο τοπίο. Έλκει το ισχυρό άρωμα από τα φύλλα της ρίγανης.
Η βροχή άνοιξε τους πόρους της Φύσης. Σκούπισε τη σκονισμένη περιοχή με ένα υγρό σφουγγάρι. Διέλυσε τη σκόνη. Αναζωογόνησε τα χρώματα. Στο αποξηραμένο γρασίδι. Στα αμπέλια της τρομπέτας. Στις σάλπιγγες του αγγέλου. Στις μπουκαμβίλιες. Στα γεράνια.
Η δύναμη της ζωής πάλλεται πάνω σε όλα αυτά.

Η πορτοκαλιά γέρνει κατάμεστη από φρούτα. Τα φύλλα της είναι ραντισμένα με δροσοσταλίδες. Στις δροσοσταλίδες το φως διαθλάται. Σε κάθε φύλλο που αντικατοπτρίζεται το γειτονικό φύλλο. Ο ουρανός. Οι ελαιώνες. Και πιθανότατα και η θάλασσα.
Η πορτοκαλιά, βαριά με τις δροσοσταλίδες, έχει χάσει μερικά πορτοκάλια. Υγρά και ορφανά κείτονται πεσμένα στο έδαφος. Στη βρεγμένη γη.
Αστράφτει και βροντά ξανά και ξανά φέτος το καλοκαίρι. Και κάνει κρύο. Θυμάμαι μια και μοναδική κρύα καλοκαιρινή μέρα σε δεκαπέντε ολόκληρα καλοκαίρια.

Την ημέρα της ηλιακής έκλειψης. Το 1999. Στις 11 Αυγούστου. Δύο λεπτά χωρίς ήλιο. Δύο λεπτά σκοταδιού. Δύο λεπτά αιωνιότητας. Αυτό ξαφνικά μας έκανε να νιώσουμε κρύο. Το βουητό στην παραλία ξαφνικά χάθηκε. Πάγωσε. Σαν να ήταν ίδια η ζωή μαρμαρωμένη. Τότε ο ήλιος επέστρεψε. Και μαζί του και η ζεστασιά και η ζωντάνια επέστρεψαν.

Ο ουρανός φωτίζει ξανά μόνο για λίγο. Μετά γίνεται σταχτής σκούρος. Και συνεχίζει να βρέχει. Πρώτα χαρούμενα. Ψιχαλίζοντας. Στη συνέχεια, η βροχή γίνεται ήρεμη. Αδιάκοπη. Κολλώδης. Ένα πρωτοβρόχι τον Ιούλιο.
Η βροχή είναι πολύγλωσση. Πολυτονική. Πολυφωνική. Πέφτει απότομα στον τσιμεντένιο τοίχο της βεράντας. Δυνατή και βαριά στον πέτρινο τοίχο του κήπου.

Να την μεταφράσω σε μουσικές νότες. Θέλω να γράψω μία μουσική παρτιτούρα. Στις σταγόνες βροχής στο έδαφος. Πάνω στη γη. Στις μεγάλες γύψινες πέτρες. Στις μεσαίου μεγέθους. Και στις μικρότερες πέτρες. Το έδαφος είναι ανομοιογενές. Κάθε πέτρα έχει τη δική της ποιότητα. Κάθε σταγόνα βροχής βγάζει το δικό της ήχο.

Οι σταγόνες πέφτουν με έναν ελαφρύ ήχο στο στρογγυλό, μπλε μεταλλικό τραπέζι στη βεράντα. Με έναν βαθύ, μυστηριώδη ήχο πάνω στο ξύλο των παραθυρόφυλλων. Με έναν υπόκωφο ήχο στην άκρη του ξεχασμένου γυάλινου μπουφέ στην υπαίθρια κουζίνα. Με έναν εκκωφαντικό ήχο στο μπωλ της γάτας.

Οι σταγόνες πέφτουν, αναπηδώντας, στα μεγάλα κληματόφυλλα. Τινάζονται. Πιτσιλίζουν τα αμέτρητα φυλλαράκια στις μπουκαμβίλιες. Κρεμιούνται από τα βέλη των φύλλων πικροδάφνης όσο κρατά το ανοιγόκλειμα ενός ματιού. Μετά λιώνουν. Διαλύονται. Στάζουν κατά μήκος των φύλλων και των μίσχων.

Ξαφνικά, η βροχή έχει σταματήσει. Ο απόλυτος θόρυβος καμώνεται ηρεμία. Σιωπή. Ακινησία. Χαλάρωση. Ο κήπος αναπνέει. Τα φύλλα είναι ήσυχα. Για μια στιγμή. Μέχρι να χάσει την ισορροπία της μια στάλα βροχής. Αρχίζει να κυλάει. Πέφτει στο επόμενο φύλλο. Και θέτει τα πάντα σε κίνηση. Πρώτα αργά. Μετά ο ρυθμός αλλάζει. Γίνεται όλο και πιο ζωντανός. Φτάνει στο αποκορύφωμα λίγο πριν το βράδυ.

Μια ακρίδα στεγνώνει τα πόδια της. Στεγνώνει το σώμα της με τα πόδια της.
Σ' ένα σκαμνί. Και η υγρασία μεταμορφώνεται. Μεταμορφώνεται σε μικρά κομμάτια πάχνης. Πού διαλύονται στον αέρα.
Ακρίδες. Πεταλούδες. Κουνούπια στεγνώνουν τα φτερά τους. Και συνεχίζουν την καθημερινή τους ενασχόληση.

Προς τα κάτω, κάτω στην πλαγιά, ένα γατάκι νιαουρίζει στο χορτάρι. Η μάνα του στέκεται στη βεράντα μπροστά στο κλειστό παράθυρό μου. Κοιτάζει μέσα περίεργα.

Ένα μικρό τριζόνι άγνωστο σε μένα. Ένα τριζόνι που δεν ανήκει στο νοικοκυριό μου, και πολλοί σκώληκες μαύροι, λιπαροί σάλιαγκες που αραδιάζουν εδώ το φθινόπωρο, έχουν ζητήσει άσυλο στο σπίτι μου. Μετακινούνται πάνω στους τοίχους σαν να ήταν έξω στη φύση. Γι' αυτούς, τα πάντα εδώ είναι φύση. Και το κάθετι η αυτοκρατορία τους.

Είτε μέσα είτε έξω. Είτε κάτω από ένα φύλλο. Κάτω από ένα λουλούδι. Ανάμεσα σε πέτρες. Σε χαραμάδες στους τοίχους. Σε χαραμάδες στα δάπεδα. Στα παντζούρια των παραθύρων. Σε γωνίες. Κάτω από τη στέγη. Στα ξύλινα μαδέρια της οροφής. Ή έξω στη βεράντα. Στο φύλλωμα των κλημάτων. Στους κόμπους και τις αυλακώσεις του ξύλου με τους ρόζους και το ρυτιδιασμένο δέρμα της γέρικης κληματαριάς. Στην αποθήκη και τη σκοτεινή κάμαρα. Πίσω από τη σόμπα της υπαίθριας κουζίνας. Στα ζιζάνια. Και παντού όπου ούτε που θα σκεφτόμουν καν να κοιτάξω. Παντού, κάποιος έχει το σπιτικό του.

Το φως είναι πίσω. Σουρρεαλιστικό. Τεχνητό. Επιθετικό. Αλλά και ιδιότροπο. Κόβει φωτεινές επιφάνειες από τα πράγματα. Τα λουλούδια των δαφνών κινούνται. Λικνίζονται. Ριγούν. Και τα τζιτζίκια τραγουδούν και πάλι. Τα τζιτζίκια. Για τα οποία λέγεται ότι μπορεί κανείς να ρυθμίσει το ρολόι του με βάση το τραγούδι τους. Σταματούν κάθε βράδυ στις εννέα. Ακριβώς. Ποτέ δεν το έχω επιβεβαιώσει.

Αργά ένα κομμάτι του ουρανού διαχωρίζεται από τη θάλασσα. Και ανάμεσα στα δύο, τα βουνά της Κορώνης ξεμυτίζουν μέσα από το νερό. Ο επίπεδος ήλιος περνά μέσα από τα κενά στα σύννεφα. Διαχέει λαμπερό ασήμι στη θάλασσα.

Η θάλασσα, ατελείωτα λέπια ψαριού, λάμπει από τις επτάκις εκατομυριοστές μικρές κλίμακες. Σε κάθε ξεχωριστή κλίμακα ο ουρανός ψάχνει το πρόσωπό της.

Μετά ο ουρανός είναι και πάλι γαλάζιος. Τα σύννεφα φαίνονται λευκά. Η ακτινοβολία της μπουκαμβίλιας αντανακλάται. Το λινάρι και η πικροδάφνη λάμπουν. Τα πορτοκάλια γυαλίζουν.
Το τραπέζι στη βεράντα. Το πάτωμα από τσιμέντο. Όλα είναι στεγνά ξανά. Μόνο το καλντερίμι στον κήπο είναι ακόμα βρεγμένο.

Όλη η αυλή είναι καλυμμένη με φύλλα και άνθη από πικροδάφνες. Με πορτοκαλί άνθη αμπέλου σε σχήμα τρομπέτας. Και όλα όσα έχει ξεκολλήσει η βροχή από τα δέντρα.
Η πρωινή μου επιμέλεια έχει αποδειχθεί υπερβολική. Η φύση δεν χρειάζεται ούτε πότισμα ούτε σκούπισμα εδώ. Μπορεί να υπάρξει και χωρίς εμένα.
Όμως εγώ δεν μπορώ να υπάρξω χωρίς αυτή.
Παρ' όλα αυτά, είμαι εδώ στη βεράντα και σώζω τα σταφύλια. Μόνη μέσα από την παρουσία μου. Φοβίζει τα πουλιά μακριά. Και τις περισσότερες από τις σφήκες. Και τις ξένες ακρίδες. Δεδομένου ότι τα κατοικίδια ζώα μου δεν χρειάζονται να κλέψουν. Και να

λεηλατήσουν τη συγκομιδή μου. Τρέφω τα κατοικίδια ζώα με φρούτα κάθε μέρα. Αποθαρρύνω τις αράχνες με την παρουσία μου επίσης. Καταφεύγουν στην κουζίνα. Ή στο μπάνιο. Αλλά φεύγουν δίχως λόγο. Δεν έχω κάνει ποτέ τίποτα σε καμιά αράχνη. Η θάλασσα είναι καλυμμένη με ασημένια νομίσματα. Τα πουλιά τιτιβίζουν. Τα τζιτζίκια τραγουδούν. Οι ακρίδες βγάζουν ήχους. Οι σφήκες βουίζουν. Τα γατάκια νιαουρίζουν. Μια γάτα ουρλιάζει. Σύντομα τα φύλλα σκουριάζουν ξανά. Τι λείπει από αυτόν τον παράδεισο;

Μετά τη βροχή. Ένα ελαφρύ αεράκι σηκώνεται από τη θάλασσα.

Η νύχτα ήταν δροσερή μετά τη βροχή. Πολύ δροσερή γι' αυτήν την εποχή του χρόνου. Ακόμα κι οι σάλιαγκες στο μπάνιο έχουν κρυφτεί. Ή έχουν κουλουριαστεί. Κουλουριασμένη κι εγώ, θέλω να γράψω. Η λέξη αυτή πιθανώς δεν βγάζει νόημα για τους σάλιαγκες. Αλλά επιμένω να την χρησιμοποιώ. Και ζητώ να γίνει αποδεκτή.
Κουλουριασμένοι σάλιαγκες. Συσπειρωμένοι. Σαν τις γάτες που κοιμούνται με τους σκύλους. Η νύχτα του καλοκαιριού ήταν δροσερή. Τόσο δροσερή που μια επιπλέον κουβέρτα δεν ήταν αρκετή. Το πρωί το κρύο ξεχάστηκε. Εξαφανίστηκε.

Τα έντομα είναι σαν τους ανθρώπους. Χρειάζονται ένα σπίτι. Τουλάχιστον ο Ορέστης, ο κουτσοπόδαρος Πελοποννήσιος πολεμιστής. Κάθισε ξανά σήμερα το πρωί στον τοίχο πάνω από το θολωτό κρεβάτι μου.

22. Πορτραίτο της κοινωνίας των εντόμων Ι

Κατά τη διάρκεια της ημέρας, είμαι ανάμεσα στους ανθρώπους. Το βράδυ, επιστρέφω στα κατοικίδια ζώα μου στη βεράντα. Κάθομαι κάτω από την πέργκολα μέχρι αργά τη νύχτα. Χιλιάδες και χιλιάδες τζιτζίκια τραγουδούν το νανούρισμά τους. Για μια στιγμούλα το σούρουπο, φαίνεται ήρεμο. Λίγο αργότερα, τα τριζόνια ξεκινούν ξανά. Τα τριζόνια δεν τραγουδούν σε χορωδία. Τα τριζόνια είναι σολίστες. Δεν τραγουδούν μεταξύ τους. Δεν τραγουδούν το ένα στο άλλο. Οι ήχοι τους είναι ομαλότεροι. Λιγότερο μονότονοι. Τα τριζόνια είναι άτομα. Ατομικιστές. Τριζόνια και ακρίδες. Και ακρίδες.

Άλλα έντομα αφθονούν και εδώ. Τα περισσότερα χάνονται στο πλήθος.

Με την πάροδο του χρόνου, οι ακρίδες έχουν γίνει σπανιότερες. Την Κλυταιμνήστρα μου, με το μοναδικό φανταχτερό της πόδι, δεν την έχω δει εδώ και πολύ καιρό. Ή μήπως φύτρωσε η κεραία που έλειπε;

Πού είναι η Κλυταιμνήστρα μου; Μήπως με άφησε; Που έχει πάει τόσος καιρός από τότε που έπεσε πάνω στο τραπέζι; Που ανεβοκατέβαινε πάνω στην καράφα. Και πιπίλιζε τα ζουμερά κεράσια και βερίκοκα που της πρόσφερα;

Τα ιπτάμενα μυρμήγκια έχουν και αυτά εξαφανιστεί. Ίσως έρχονται πραγματικά μόνο όταν μυρίζουν Campari. Θα το επιχειρήσω αύριο.

Οι αράχνες είναι μοναχικά, πολύ απασχολημένα όντα. Σήμερα τάραξα την ησυχία μιας αράχνης. Τρύπησα τον λεπτόκοκκο ιστό της. Κατά λάθος. Τώρα ξέρω ότι ήταν η Μάρθα. Η Μάρθα με τη στρογγυλή κοιλιά. Θα μπορούσε να με είχε ενημερώσει για το σχέδιό της. Αλλά χωρίς καμία προειδοποίηση κατέβηκε μέσα στο νήμα της από την πέργκολα της κληματαριάς πάνω στην καρέκλα μου. Το πήρα είδηση πολύ αργά.
Και αν το είχα; Θα έπρεπε να είχα καθίσει εκεί για πάντα;
Όχι απλώς να άφηνα την καρέκλα να στέκεται εκεί.

Μια πασχαλίτσα προσγειώθηκε πάνω στο τραπέζι μου. Αυτή την ώρα; Είναι δέκα και τέταρτο. Μετά μεσημβρίας. Τι κάνουν οι πασχαλίτσες αυτήν την ώρα; Γιατί δεν είναι σπίτι τους;
Ένα ζωντανό πλάσμα με πλησιάζει απειλητικά. Εσκεμμένα πετά προς εμένα. Αμύνομαι. Και παρ' όλο που έχει καταστρέψει τη Ρετσίνα μου, νιώθω μια αίσθηση χαράς. Είναι ένα κουνούπι. Και πνίγηκε στο ποτήρι μου.

Τα παίρνω όλα πίσω. Θα πρέπει να αγαπά κανείς τους εχθρούς του.
Αγαπώ τα κουνούπια;

23. Πορτραίτο της κοινωνίας των Εντόμων II

Ένα μικρό κλαδί, πέφτει από το κληματόφυλλο πάνω στο πληκτρολόγιο. Καθώς προσπαθώ να το βγάλω, ανοίγει τα φτερά του και πετά μακριά. Ένας σκώρος. Ένα νυχτερινός σκώρος. Επειδή είναι σκοτάδι γύρω μου. Μόνο η αιωρούμενη λάμπα πάνω από το τραπέζι εκπέμπει φως. Και κάτω από τη λάμπα, η οθόνη μου. Ένας σκώρος, με τα φτερά του διπλωμένα. Ή τυλιγμένα. Σαν το φύλλο καπνού ενός πούρου. Σύντομα ο επόμενος σκώρος προσγειώνεται στο τραπέζι. Περιστρέφεται γύρω από τον κύκλο φωτός μου. Στον κύκλο του κόσμου μου. Έχει ένα αγκαθωτό κεφάλι. Μακριά, λεπτά, βελούδινα φτερά. Και κεραίες που προεξέχουν από τα φτερά, σαν λεπτές κοντές βελόνες. Ένας σκώρος. Ένα λεπτεπίλεπτο, σκονισμένο χάλκινο γλυπτό. Εθισμένο στο φως. Κάθεται στο τραπέζι. Με αφήνει να τον φωτογραφίσω. Με εμπιστεύεται; Ή παγώνει από το φόβο;

Ο σκώρος δεν κινείται. Μια γιγαντιαία ακρίδα προσγειώνεται στο τραπέζι. Μοιάζει με την Κλυταιμνήστρα. Ούτε εγώ ούτε ο σκώρος έχουμε χρόνο να αντιδράσουμε. Η ακρίδα ανοίγει το στόμα της. Ο σκώρος εξαφανίζεται στο καταστροφικό μασητικό όργανό της. Μετά, περπατάει χαρούμενα πάνω από το τραπέζι. Με το πράσινο κεφάλι και τα μακριά πράσινα πόδια της. Είναι ατρόμητη. Ούτε εμένα φοβάται, ούτε το φλας της φωτογραφικής μηχανής. Ενώ χωνεύει το θήραμά της πριν, είναι το μοντέλο μου. Χωρίς πλέον να το αισθάνεται, πλησιάζει προς την κάμερα με τα μπροστινά πόδια της. Ανεβαίνει πάνω στο φακό. Χασμουριέται με τις γνάθους της. Θέλει να με δαγκώσει. Είναι γρήγορη. Δεν θα την πτοήσει τίποτε. Εφόσον παραμένω σταθερή, αταλάντευτη, δίνει έναν πήδο προς τα κάτω. Απογειώνεται. Υγειής συμπεριφορά. Υγειές ζώο. Δεν του λείπει τίποτα.

24. Η νοημοσύνη των κατοικίδιων ζώων μου

Ο κουτσοπόδαρος Ορέστης είναι ήδη στο δωμάτιό του αυτή την ώρα. Πάνω στην κουνουπιέρα. Μερικές φορές, όταν ξυπνάω τη νύχτα, τον βλέπω μπροστά στο κρεβάτι μου. Φοβάμαι μήπως κατά λάθος πέσω πάνω του. Ξέρει όμως, πόσο μακριά μπορεί να πάει σε σχέση με την απόστασή μου.

Τα τριζόνια και οι ακρίδες είναι ευφυή έντομα. Δεν μπορώ να το πω αυτό και για τους σκώρους. Και ακόμη λιγότερο για τα τζιτζίκια. Όταν φοβούνται, τα τζιτζίκια πανικοβάλλονται. Παγώνουν στην κραυγή τους. Ασταμάτητα. Όπως και τα συστήματα συναγερμού. Είμαι σίγουρη ότι τα τριζόνια και οι ακρίδες κατανοούν τον κόσμο.

25. Η Οδοντόβουρτά μου ανήκει σε μένα

Ενώ βουρτσίζω τα δόντια μου, παρατηρώ πολλά πλάσματα στο μπάνιο: σκαθάρια, αράχνες, μυρμήγκια. Είναι στον κόσμο, όπως και εγώ. Ένα μέρος του κόσμου. Πλάσματα συνοδοιπόροι μου. Με τα ίδια δικαιώματα. Οι άνθρωποι είναι αηδιασμένοι από τα έντομα. Είναι άραγε και τα έντομα αηδιασμένα από τους ανθρώπους;

Στο μπάνιο πριν πάω για ύπνο. Μια ακρίδα έχει σκαρφαλώσει πάνω στην κεφαλή της ηλεκτρικής οδοντόβουρτσάς μου. Αψηφά τις προσπάθειές μου να την διώξω. Πρέπει να χρησιμοποιήσω βία. Πετά πάνω στο πρόσωπό μου. Επιστρέφει στην κεφαλή της οδοντόβουρτσας. Βυθίζει τα νύχια της. Αμυντικά απλώνει το ένα πόδι της προς εμένα. Και οι δύο έχουμε ίσα δικαιώματα εδώ, της λέω. Όμως, η οδοντόβουρτσα ανήκει σε μένα. Εκείνη δεν δίνει δεκάρα. Οι ακρίδες δεν έχουν κανένα σεβασμό για την προσωπική ιδιοκτησία. Οι ακρίδες έχουν τη δική τους βούληση. Όμως το ίδιο κι εγώ.

26. Επίσκεψη γάτας

Ένα τριγωνικό πρόσωπο. Τριγωνικά αυτιά. Η μητέρα γάτα έχει υπερμεγέθη μάτια και ένα στενόμακρο σώμα.
Η γάτα ανήκε στο γέρο-Παναγιώτη και τη σύζυγό του τη Μαρία. Τώρα δεν ανήκει σε κανέναν. Οι δυο τους πήγαν αλλού. Σπάνια έρχονται πίσω στο χωριό.

Τα πάντα τελειώνουν κάποια στιγμή. Έτσι είχε πει η Μαρία. Τα πάντα έχουν προθεσμία. Το ίδιο και ο άνθρωπος, πρέπει να πεθάνει κάποια στιγμή.
Η Μαρία έχει από καιρό προετοιμαστεί για το θάνατο. Εδώ και πολύ καιρό και με μεγάλη προσοχή. Έχει προετοιμάσει κάθετι το απαραίτητο. Για να μην εκπλαγεί από τον θάνατο.
Μια μέρα, εκεί που ήταν ξαπλωμένη στο κρεβάτι της είπε στον Παναγιώτη: Τώρα είναι η ώρα. Αυτή είναι η τελευταία μου μέρα. Αλλά ο θάνατος την κρατούσε σε αναμονή. Ο Παναγιώτης που είχε βαρεθεί να περιμένει, μια μέρα έπαθε εγκεφαλικό. Η Μαρία ακόμη δεν ήταν έτοιμη. Και έτσι, μαζί με τον Παναγιώτη, μετακόμισε στην Καλαμάτα για να είναι με τα παιδιά τους. Άφησαν τη γάτα εδώ.

Η μητέρα γάτα είναι μια σκληρά εργαζόμενη γάτα. Πριν, είχε πολλή δουλειά. Παλιά ο γερο-Παναγιώτης είχε εγκαταλείψει τον στάβλο του. Πούλησε τα ζώα του. Ακόμη και οι αρουραίοι έπρεπε να μετακινηθούν. Δεν υπήρχε τροφή γι' αυτούς. Μόνο οι φυσικοί εχθροί τους είχαν μείνει, μακριά και σε μεγάλη απόσταση. Και έτσι η ζωή έγινε δύσκολη για τη μάνα γάτα και τα παιδιά της. Και για τον πορτοκαλί αλητόγατο. Που μπορεί και να είναι ο εραστής της. Ή ο μεγαλύτερος γιος της.

Το καλοκαίρι, οι γάτες κυνηγούν ακρίδες, πουλιά, αρουραίους. Το χειμώνα τρώνε ελιές. Αυτές που βρίσκονται στο έδαφος. Οι ακατέργαστες ελιές είναι πικρές. Πράγματι οι γάτες δοκιμάζουν τις πικρές τους ουσίες. Ή μήπως η πίκρα μουδιάζει την αίσθηση της γεύσης;

27. Η Αγαύη το κράκεν

Ο καθημερινός μου ενθουσιασμός για το πότισμα δεν επεκτείνεται και στην αγαύη της βεράντας μέσα στη γλάστρα. Δεν έχω αποκτήσει ακόμα οικειότητα μαζί της.

Φοβάμαι τη μέχρι το ύψος του σπιτιού μου αγαύη πίσω από το λουτρό.

28. Ωδή στην Αγαύη το κράκεν

Μπροστά στην είσοδο μεγαλώνει μια αγαύη.
Ψηλή όσο το σπίτι.
Τα σαρκώδη χέρια της ένα σκούρο ασημί γαλαζοπρά-
σινο.
Τη νύχτα γίνεται ένα τεράστιο κράκεν. Παγωμένο στο
χορό των πλοκαμιών του.
Νύχια τ'αγκάθια του.
Ο κάθε περαστικός μιλάει πιο χαμηλόφωνα.
Θαυμάζοντας και ανατριχιάζοντας.
Η Αγαύη το κράκεν μεγαλώνει και εξαπλώνεται.
Προετοιμάζεται.
Για τα εκατό χρόνια.
Από την καρδιά της, ένα λουλούδι θ' ανθίσει.
Όλοι το περιμένουν με αγωνία.
Θέλουν να γιορτάσουν την ημέρα της ανθοφορίας
του.
Τη μία και μοναδική.

29. Ηλιοβασίλεμα

Βγαίνοντας από την ομίχλη, τα σπίτια επιστρέφουν στην κοιλάδα.
Και οι ελαιώνες το ίδιο.
Ο ήλιος κινείται προς τα δυτικά.
Απλώνεται, με τρόπο ελάχιστα διακριτό, στη θάλασσα. Αλλάζει τα χρώματά του.
Η καρδιά του ήλιου πάλλεται.
Φέρνει μια αιματηρή εικόνα στη θάλασσα.
Γλιστράει ακόμη πιο γρήγορα πίσω από τα βουνά της Κορώνης.
Σήμερα, για πάντα.
Για πάντα, ο ήλιος θα δύσει σήμερα.

30. Σαφάρι στη βεράντα

Μία σαρανταποδαρούσα. Περνάει κάτω από το τραπέζι, στο γκρίζο τσιμεντένιο δάπεδο της βεράντας. Χρώμα ελάχιστα διακριτό. Το βλέπω μόνο επειδή κοιτάω κατευθείαν στο πάτωμα. Στη μάνα γάτα κάτω απ' το τραπέζι.

Έχω δελεάσει τη μάνα γάτα με ψωμί. Με ξερό, καφετί ψωμί από την Καρινθία της Αυστρίας. Κάποιος το έστειλε εδώ για μένα. Φαίνεται να της αρέσει το ξεροκόμματο. Μ' αυτό, μπορώ να την προσελκύσω όλο και πιο κοντά. Το αρπάζει γρήγορα.
Τρέχει μακριά. Το τρώει με ησυχία.
Κατόπιν έρχεται πίσω.
Τρώει με λαχτάρα το ξεροκόμματο. Σαν το ποντίκι.
Το καταβροχθίζει και γουργουρίζει. Και νιαουρίζει.
Και με κάνει να πεινάω για ξερό ψωμί.
Και έτσι τρώω ένα από τα κομμάτια της γάτας μου.

31. Κάθε ηλιοβασίλεμα είναι διαφορετικό

Σήμερα, ο ήλιος δεν γίνεται κόκκινος πριν το ηλιοβασίλεμα. Η αντανάκλαση του ήλιου στη θάλασσα αλλάζει απαλά από ασήμι σε χρυσάφι.

Είναι λίγο μετά τις οκτώ, και τα τζιτζίκια έχουν ήδη τελειώσει το τραγούδι τους.

Θα διαμαρτυρηθώ.

32. Χτυποκάρδι

Καθώς σκουπίζω τη χειμερινή εσωτερική κουζίνα, μου κόβεται η ανάσα ξαφνικά. Δύο πισινά πόδια βρίσκο- νται στο πάτωμα. Πόδια ακρίδας. Αυτά τα λεπτά, μικρά πόδια με τις κολλώδεις άκρες. Οι τρυφερές άκρες και οι σαλταδόρικοι μηροί. Ξεκομ- μένοι από το σώμα. Μια μάχη συνέβη εδώ. Ήταν ο Ορέστης εκεί; Ποιος ήταν ο αντίπαλός του;

Σύντομα μπορώ να αναπνεύσω ξανά. Να ξεχάσω τις ανησυχίες μου. Έξω, στην καλοκαιρινή κουζίνα, ενώ καθαρίζω, βλέπω τον Ορέστη να κουτσαίνει πάνω στις ξύλινες πλάκες του τοίχου με το υγιές πίσω πόδι του.

Ίσως πρέπει να τον ονομάσω Περικλή και όχι ο Ορέ- στη. Ίσως η μάχη της Σαλαμίνας να έλαβε χώρα εδώ. Ανάμεσα στις γάτες και τις ακρίδες. Ο αριθμός των νεκρών και των τραυματιών είναι άγνωστος. Δεν υπάρχει καμία αμφιβολία ως προς τον νικητή και τον ηττημένο.

33. Ενστικτώδης Πείνα

Η πείνα της μάνας γάτας είναι δύσκολο να ικανοποιηθεί προκειμένου να θηλάσει. Ενστικτώδης αγωνία λόγω πείνας. Αλλά σήμερα ήμουν στην Καρδαμύλη. Της έφερα πολλά μεζεδάκια. Περισσεύματα από κομμάτια κρέατος. Κομμάτια λίπους. Πατάτες τηγανητές. Τα μισά από τα τυροπιττάκια. Ένα κομμάτι σαγανάκι. Τηγανητές ροδέλες από κρεμμύδια. Κεφάλια από ψητές σαρδέλες. Μία αξιοπρεπής μερίδα. Ακόμη και γενναιόδωρες προσφορές από τους συνδαιτημόνες μου. Πάνω από όλα, μερικά κομμάτια ψωμιού από την πολύτιμη Καρινθιακή μου φρατζόλα.
Έφαγε τα πάντα. Τελείως. Ακόμη και το τελευταίο κομμάτι ψωμιού.
Αλλά γιατί έχει αφήσει τα πίσω πόδια αριστερά;
Κατά το σούρουπο πεινούσε ξανά.

34. Ξύλο παρασυρμένο από το ρεύμα

Today I played it by ear! Σήμερα το έριξα έξω! Ήμουν στην Καρδαμύλη. Κατά τύχη.
Ζω για τη στιγμή, είπα στην Σούζαν και τον Άλαν. Ο Άλαν μιλάει Γερμανικά. Και είπε: να ζεις για τη στιγμή. Η έκφραση αυτή υπάρχει και στα Αγγλικά. Αλλά πώς λέγεται στα Ρουμανικά;

Μόλις γνώρισα τον Άλαν και τη Σούζαν.
Ήταν κατά το μεσημέρι. Σχεδόν καμία κίνηση στον επαρχιακό δρόμο. Στεκόμουν ήδη εκεί για κάμποση ώρα. Κανείς δεν ερχόταν για να κάνω σήμα.
Υπομονετικά, έμεινα στο σημείο μου και συνέχισα να περιμένω. Έβγαλα τα *Εκατό Χρόνια Μοναξιάς* από το σακκίδιό μου. Τότε τελικά ήρθε ένα αυτοκίνητο.
Πάμε στην Καρδαμύλη. Πού να σας αφήσουμε; Ή θα μήπως θα θέλατε να έρθετε μαζί μας;
Αρχικά χωριστήκαμε στην Καρδαμύλη. Δώσαμε ραντεβού για μια ποικιλία στη βεράντα ακριβώς δίπλα στο χώρο στάθμευσης.

Η Καρδαμύλη είναι γεμάτη από μικρά καταστήματα. Από τη Στούπα απέχει ένα εμπορικό μίλι. Ξαφνικά έπεσα σε μια φρενίτιδα αγορών. Όρμησα στα καταστήματα. Κοίταξα και άγγιξα. Σύγκρινα και δοκίμασα. Στο τέλος αγόρασα ένα κομψό ξυλόγλυπτο και ένα πολύτιμο δαχτυλίδι.
Ένα πολύτιμο δαχτυλίδι μόνο αντί πέντε Ευρώ.
Φτιαγμένο με δεξιότητα και γούστο. Ένα κοχύλι σαλι-

γκαριού είχε κοπεί και λειανθεί σε μορφή δαχτυλιδιού.
Η τιμή ήταν πολύ χαμηλή. Υπερβολικά χαμηλή. Αγό-
ρασα το δαχτυλίδι ασυζητητί.

35. Είναι αυτό προδοσία;

Έχω αδυναμία στα σαμιαμίδια.
Δεν έχω δημιουργήσει ακόμη σχέση οικειότητας με το σαμιαμίδι κάτω από τη στέγη δίπλα στο τζάκι.
Ενδεχομένως από αλληλεγγύη στον Ορέστη και την Κλυταιμνήστρα.
Αλλά τα μικρά σαμιαμίδια τρώνε μεγάλες ακρίδες;
Ή ισχύει το αντίστροφο;

36. Λίγο χρειάζεται για να είναι κανείς σοφός

Είναι 2 η ώρα το βράδυ. Δεν μπορώ να κοιμηθώ. Πίνω ένα ποτήρι κρύο γάλα στην κουζίνα. Τρεις ιστοί αράχνης τεντώνονται στη γωνία πάνω από το ψυγείο. Κοντά ο ένας στον άλλο. Εμφανίζεται μια πεταλουδίτσα. Ένας σκώρος. Πετάει στον τοίχο. Η πτήση του κάνει ελιγμούς σλάλομ γύρω από τα νήματα των ιστών. Η αράχνη. Όχι, δεν είναι η Μάρθα! Η Μάρθα είναι παχειά και μαύρη. Αυτή η αράχνη έχει ένα μικρό σώμα και πολύ μακριά πόδια. Μοιάζει με αλεξίπτωτο. Καθώς ενεδρεύει το θήραμά της, μαζεύεται. Αναχωρεί. Έτοιμη για την ενέδρα.

Ο σκώρος αποφεύγει όλες τις παγίδες. Όχι μόνο μία φορά. Σαν να του είναι διασκεδαστικό να προκαλεί την αράχνη.

Ο σκώρος έχει επιβιώσει σε κάθε στριφογύρισμά του. Τα παίρνω όλα πίσω. Τα έντομα είναι έξυπνα. Όλα τα έντομα. Ακόμη και το μικρότερο. Απλώς δεν το βλέπουμε.

37. Προσωρινός γυρισμός

Η ζωή στη Μάνη αλλάζει αργά. Όποιος το επιθυμεί, πιο γρήγορα. Όποιος θέλει να κερδίσει περισσότερα, πηγαίνει στην Καλαμάτα.
Για όποιον ο ρυθμός ζωής εξακολουθεί να είναι πολύ αργός, πηγαίνει στην Αθήνα. Ο εντελώς ανυπόμονος και απελπισμένος πηγαίνει στο εξωτερικό. Από την Ευρώπη στην Αυστραλία.
Για να μην αναφέρω και την Αμερική.
Κανείς δεν πηγαίνει στην Αφρική.

Όπου κι αν η ζωή φέρνει τους Μανιώτες, ωστόσο μια φορά το χρόνο επιστρέφουν. Ο καθένας στο χωριό του. Στην πόλη του. Επιστρέφουν. Και φέρνουν και τα παιδιά τους μαζί τους. Στο εξωτερικό γεννημένα. Και αυτά οφείλουν να είναι Έλληνες.

Στις 15 Αυγούστου, η γειτονιά ξεχειλίζει από Έλληνες και Έλληνες του εξωτερικού. Για τη γιορτή της Κοιμήσεως της Θεοτόκου. Για το Πανηγύρι.
Το ίδιο συμβαίνει και στον Πύργο.
Το ήσυχο χωριό γίνεται ξαφνικά υπερπληθές. Τα τραπέζια στο καφενείο δεν είναι πλέον αρκετά. Η πλατεία είναι πνιγμένη στα αυτοκίνητα. Ο δρόμος του χωριού μετατρέπεται σε χώρο στάθμευσης. Και η νύχτα μετατρέπεται σε μέρα.

Στο Πανηγύρι το χωριό είναι διακοσμημένο: ήλιοι, τροχοί της ζωής, λουλούδια, κύματα, ακτίνες ηλίου, σπείρες. Σημάδια της ντόπιας ζωής και της παγκόσμιας ζωής στέκονται με άσπρη κιμωλία σε πύλες, πόρτες, φράχτες και στο πάτωμα. Η ζωή στην προέλευσή της, αποτυπωμένη σε σύμβολα. Για τους μη μαθημένους, απλές διακοσμήσεις.

Υ.Γ.

Δεν είμαι σίγουρη αν τα σπειροειδή σχέδια μιμούνται τα κοχύλια σαλιγκαριού. Ή το κουλουριασμένο σκουλήκι.

Ένα σκουλήκι προσκολλάται στον τοίχο του σπιτιού. Κουλουριασμένο. Μια μαύρη σπείρα σε λευκό φόντο. Τα άλλα έχουν εξαφανιστεί. Τους αρέσει ο υγρός και δροσερός καιρός.

Με τη φθινοπωρινή βροχή, τα μαύρα σκουλήκια σκαρφαλώνουν πάνω στους άσπρους τοίχους. Κουλουριασμένα, προσκολλώνται εκεί για ώρες. Η περίεργη ομορφιά τους με κάνει να τρέμω.

Ο κόσμος ανήκει και στα σκουλήκια.

Πώς θα ήθελα να μου αρέσουν και μένα τα σκουλήκια.

38. Τρώω κεράσια και κοιτάζω τη θάλασσα

Οι μάχες του Πελοποννησιακού Πολέμου απέχουν πολύ από τη λήξη τους.
Έτσι δεν σκέφτομαι τις μάχες μου με τα κουνούπια. Από τις οποίες κατέληγα πάντα με κατατσιμπημένο δέρμα. Οι αντίπαλοι υπέστησαν ελάχιστες απώλειες. Ο Πελοποννησιακός πόλεμος συνεχίζεται.

Τρώω κεράσια. Το πρωί στη βεράντα και κοιτάζω τη θάλασσα.
Τρώω κεράσια. Βαθυκόκκινα. Σχεδόν μαύρα, γλυκά, σκληρά κεράσια. Πετροκέρασα λέγονται στη Ρουμανία. Στη Γερμανία, Knupperkirschen. Οτιδήποτε Knupper σημαίνει.

Τρώω κεράσια και κοιτάζω τη θάλασσα. Ξαφνικά έχω την αίσθηση ότι πρέπει να γυρίσω και να κοιτάξω προς τη βεράντα. Ένας πικρός πόλεμος διεξάγεται. Μεταξύ του Ορέστη και μια σφήκας.
Ο Ορέστης λιαζόταν στον ήλιο. Ή ρέμβαζε το τοπίο. Καθόταν στην άκρη ενός πιάτου που στεκόταν κάθετα στην πιατοθήκη. Να τον ρουφήξει! Δεν το πιστεύω. Από μέρα σε μέρα ο Ορέστης γίνεται ασθενέστερος. Πιο άχρωμος. Πιο αφυδατωμένος. Αυτό δεν φαίνεται να έχει σημασία για τη σφήκα. Μάλλον η τήρηση της ιεραρχίας. Κανείς δεν επιτρέπεται να καθίσει ψηλότερα από αυτήν.

Η σφήκα πετάει προς τον Ορέστη. Θέλει να τον πετάξει από την άκρη του πιάτου. Ο Ορέστης προσκολλάται σφιχτά στο πιάτο με το μπροστινό πόδι του. Με το υπόλοιπο πίσω πόδι του κλωτσάει τη σφήκα. Η σφήκα συνεχίζει να παλεύει. Με ανανεωμένη δυναμική και μεγαλύτερη δύναμη προσπαθεί να πλησιάσει κοντά στον Ορέστη. Ο Ορέστης συνεχίζει να γίνεται χλωμότερος. Μου φαίνεται ότι η αντοχή του εξασθενεί. Ωστόσο, ο Ορέστης συνεχίζει να τρέχει με το πόδι του. Κρατά τη σφήκα μακριά.

Η σφήκα παραιτείται.

Και μετά από λίγο και ο Ορέστης. Απομακρύνεται από το πιάτο και στέκεται δίπλα στα πιάτα της σχάρας στραγγίσματος.

Για τον εορτασμό της νίκης, προσφέρω στον Ορέστη μισό κεράσι. Το δέχεται ευχαρίστως.

39. Κίνδυνος σύγχυσης

Η Κλυταιμνήστρα είναι πίσω.
Και είναι ακρωτηριασμένη. Της λείπει επίσης ένα πόδι.
Υπάρχουν άραγε προσθετικά ακρίδων;
Αναπτύσσονται τα πόδια των ακρίδων ξανά;

Υπάρχουν ακρίδες και ακρίδες! Ορισμένα είδη ακρί-
δων είναι πιο τυχερά. Μέχρι και φτερά έχουν.
Τι ανακούφιση! Ευτυχώς αυτή δεν είναι η Κλυταιμνή-
στρα! Αυτή η ακρίδα έχει δύο κεραίες. Απλά της λείπει
το ένα σαλταδόρικο πόδι. Είναι ο Αγαμέμνονας;
Σαν να είμαι paparazzi, τον παρακολουθώ ανελλιπώς
με την κάμερά μου. Τραβάω φωτογραφίες απ' όλες τις
γωνίες. Ο Αγαμέμνονας γίνεται ένας έξαλλος αστέ-
ρας. Μου επιτίθεται. Πηδά πάνω στο πρόσωπό μου.
Δεν προλαβαίνω σχεδόν να προστατευθώ.
Κανείς δεν θα πιστέψει ότι δεν έχω σοκαριστεί.
Παρ' όλα αυτά, όπως κάθε paparazzi, συνεχίζω. Δεν
πρόκειται για δουλειά. Πρόκειται για εμμονή.

Ο Αγαμέμνονας μού έχει ξεφύγει μέσα στα μαδέρια.
Δεν είναι πουθενά για να τον δω. Ποιος ξέρει ποιος
άλλος ζει εδώ. Δεν πληρώνει ενοίκιο. Ούτε καν θα πο-
ζάρει ως μοντέλο για μερικές φωτογραφίες για χάρη
μου!

40. Προδοσία ή ευθύνη;

Ο Ορέστης αυτή τη στιγμή λιάζεται στον τοίχο της βεράντας. Του κάνει καλό; Ανησυχώ επειδή ξεχνιέται εκεί. Αποκοιμισμένος. Και αφυδατωμένος.

Θα'πρεπε να παρέμβω; Να τον ξαφνιάσω; Να τον αναγκάσω να βάλει τα δυνατά του;

Θα 'πρεπε να σπρώξω το θύμα πολέμου μέσα στο δωμάτιο;

Στις ακρίδες αρέσει να τρώνε φυσικές ίνες. Για μια στιγμή σκέφτομαι το κόκκινο λινό φόρεμά μου. Βρίσκεται στο πίσω μέρος μιας καρέκλας.

Πάω στη θάλασσα τώρα. Το αφήνω στο πεπρωμένο του.

41. Πού βρίσκεται ο Ορέστης;

Ασυνήθιστο.
Ανησυχητικό.
Από χθες δεν τον έχω δει καθόλου τον Ορέστη.
Ούτε μέσα. Ούτε έξω.
Την επόμενη μέρα, θρηνώ για για τον χαμό του στον
Ντάνιελ.
Θέλεις αντικαταστάτη; ρωτάει. Θέλω να τα ξεφορτω-
θώ.
Είμαι σε πόλεμο με τα καταραμένα.
Ποτέ δεν θα τον κερδίσεις αυτόν τον πόλεμο, λέω.
Μόνο με βαρύ πυροβολικό. Με χημικά.
Μόνο να τον χάσεις αυτόν τον πόλεμο είναι δυνατό.

42. Το καλοκαιρινό ηλιοβασίλεμα

Θα ήθελα να γράψω για το καλοκαίρι. Αλλά πώς μπορεί κανείς να καταφέρει να περιγράψει τα πάντα σα να χωρούσαν σε μία μόνο ημέρα; Πώς να συλλάβει τα πάντα; Τα πάντα ταυτόχρονα; Τα πάντα ταυτόχρονα. Πώς να καταγράψει το ηλιοβασίλεμα. Και τις μεταμορφώσεις της θάλασσας. Του Ουρανού. Το σφύριγμα του ανέμου. Τους ήχους του χωριού. Τους ήχους της θάλασσας. Τους ήχους των λιόδεντρων. Του χορταριού. Και εκείνων των κήπων. Από το χωριό.
Πώς να μπορεί κανείς να το συλλάβει όλο αυτό; Ολόκληρο τον κόσμο στον κήπο. Και εκεί έξω. Στο χωριό. Στη μικρή παραθαλάσσια πόλη. Στην παραλία. Στο δρόμο.
Πώς μπορεί κανείς να τα συλλάβει όλα αυτά σε μία μόνο μέρα;
Να τα συλλάβει. Να τα κατανοήσει. Να τα τυπώσει.
Πολύ σύντομη η μέρα γι' αυτό. Και αμέσως η νύχτα έρχεται με το δικό της κόσμο. Τον κόσμο των ονείρων. Και ο κόσμος μέσα μου. Πολύ σύντομη είναι μια μέρα. Και η ζωή;

43. Η δύναμη της σιωπής

Η σιωπή είναι ευεργετική.
Είμαι εδώ για να είμαι σιωπηλή.
Τουλάχιστον για λίγο.
Η σιωπή μού κάνει καλό.
Τρέφομαι με τη σιωπή μου.
Μερικές φορές μιλάω με τα κατοικίδιά μου.
Αν θέλω να μιλήσω σε ανθρώπους, φεύγω από το σπίτι.
Πάω στο καφενείο.
Ή στη θάλασσα.

44. Η σιωπή είναι ισορροπία, η ομιλία είναι χαρά

Την ώρα της ανάβασης εύκολα κανείς αρχίζει κουβέντα. Από τη στιγμή που ένα αυτοκίνητο έχει σταθμεύσει, ήδη κάποιος επίσης εγκριθεί. Έχει γίνει αποδεκτός. Έχει συμπεριληφθεί. Στον κύκλο των επιβατών. Στην κοινωνία των συνοδοιπόρων. Δημιουργείται οικειότητα. Μου επιτρέπεται να υποβάλω ερωτήσεις. Και να μου υποβάλουν ερωτήσεις.
Τις πιο πολλές φορές πρόκειται για τις συνηθισμένες ερωτήσεις. Τι άλλο! Ποιος θα πήγαινε σαν ταύρος στην αρένα και θα ρωτούσε αμέσως για κοσμοθεωρίες; Για σχέδια ζωής. Ή ακόμα και για πολιτικές πεποιθήσεις. Ποιος θα άρχιζε αμέσως τις φιλοσοφικές ερωτήσεις!
Και εντούτοις μερικές φορές λαμβάνουμε φιλοσοφικές απαντήσεις.
Κάθε ταξίδι είναι μια ανοιχτή πόρτα στον κόσμο ενός ξένου.

Κάθε μέρα προσφέρει αναλαμπές σε νέες ιστορίες ζωής.
Δεν έχω σχεδόν προλάβει να καθίσω δίπλα στην Ελένη στο αυτοκίνητο και μαθαίνω ότι εργάζεται στο εργοστάσιο Bläuel στον Πύργο. Στον Έλεγχο Ποιότητας για το ελαιόλαδο. Μια νεαρή γυναίκα. Με κοντά, μαύρα μαλλιά. Αδύνατη. Μικροκαμωμένη. Και την ίδια στιγμή, σφύζοντας από ζωή.

Έχω δουλειά! Ναι, σήμερα αυτό δεν είναι και τόσο φυσικό. Λέει η Ελένη.

Κοιτάω τα χέρια της στο τιμόνι. Τη βέρα του γάμου της. Παρατηρεί το βλέμμα μου. Λέει, ναι, ναι, αλλά όχι παιδιά ακόμα!

Αλλά σύντομα, λέει. Δίχως παιδιά, αυτό είναι κάτι που δεν μπορεί ούτε καν να το διανοηθεί. Το ίδιο και ο σύζυγός της. Με ή χωρίς κρίση, πρέπει οπωσδήποτε να αποκτήσουν παιδιά. Διαφορετικά, όλη αυτή η ταλαιπωρία είναι για το τίποτα. Ζει στον Άγιο Νικόλαο. Χωρίς αυτοκίνητο δεν θα μπορούσε να πάει στη δουλειά της.

Η διαδρομή προς τη θάλασσα, δέκα λεπτά. Και λιγότερο. Γεμάτη αυτοσυγκέντρωση. Έντονη ανταλλαγή ματιών. Συστήνονται. Ζυγίζονται. Κρίνοντας. Μερικές φορές βγάζοντας πάρα πολύ βιαστικά συμπεράσματα. Μερικές φορές κατακρίνοντας κιόλας. Τις περισσότερες φορές, όμως, επιθυμώντας κανείς να εμπιστευεί τον ξένο. Να εντοπίσει τον ξένο. Ποιος είναι ο σύντροφός μου; Πόσο μπορώ να βασιστώ σ' αυτόν;

Κάποιος συναντά κάποιον δύο φορές στη ζωή, λέει η Ελένη.

Βγαίνω στη διασταύρωση, στο δρόμο που οδηγεί στη θάλασσα.

Η Ελένη συνεχίζει το δρόμο της.

45. Η Σαπφώ από την ενδοχώρα

Η κρίση δεν μας εμφανίστηκε από το πουθενά. Λέει
η Ειρήνη.
Ο καθένας μας γνώριζε για πολύ καιρό ότι θα ερχό-
ταν. Αλλά ο κόσμος σπαταλούσε τα λεφτά υπερβο-
λικά γρήγορα. Τα λεφτά που δεν είχε. Μερικοί είχαν
τέσσερα αυτοκίνητα. Γιατί ένα άτομο να έχει ανάγκη
από τέσσερα αυτοκίνητα;

Η Ειρήνη είναι διακοσμήτρια εσωτερικού χώρου. Χω-
ρίς εργασία στον τομέα της. Όπως οι περισσότεροι
πτυχιούχοι σ'αυτή τη χώρα. Θα έπρεπε να πάει στο
εξωτερικό. Να αποκτήσει εμπειρία. Να συνεχίσει τις
σπουδές. Αλλά δεν θέλει να ζήσει οπουδήποτε δεν
υπάρχει θάλασσα. Όπου δεν μπορεί να δει τη θάλασ-
σα ανά πάσα στιγμή. Για εκείνη, μια ζωή χωρίς θέα στη
θάλασσα δεν αξίζει να τη ζει κανείς.
Η Ειρήνη είναι μια δυναμική και επιτυχημένη γυναί-
κα. Το κατάστημά της βρίσκεται στην Promenade.
Κάθε ελεύθερο λεπτό, η Ειρήνη ρίχνει μια ματιά στη
θάλασσα.

Η Ειρήνη είναι γύρω στα τριάντα. Καλοφτιαγμένη.
Δραστήρια. Με ανδρικό κούρεμα, με μία μακριά, λε-
πτή πλεξούδα. Η πλεξούδα κουνιέται συνεχώς. Επει-
δή η Ειρήνη πρέπει να είναι αεικίνητη και να ψάχνει
προς κάθε κατεύθυνση. Πίσω στην κουζίνα. Στα δε-
ξιά στο φούρνο της πιτσαρίας. Αριστερά και μπροστά
στους πελάτες στο κατάστημα.

Ναι, είναι η πιτσαρία της. Τη δουλεύει εδώ και τέσσερα χρόνια. Φοβήθηκε ποτέ της; Όχι. Ούτε τόσο δα. Έχει το μοναδικό φούρνο καυσόξυλων σε απόσταση πολλών χιλιομέτρων. Στην περιοχή της Αρεόπολης, από το Γύθειο μέχρι την Καλαμάτα και παραπέρα. Ήξερε ακριβώς τι έκανε όταν έστηνε το κατάστημα. Επιπλέον, ξέρει τι χρειάζεται για να τρέξει κανείς μια τέτοια επιχείρηση. Έχει εμπειρία. Από την ταβέρνα του πατέρα της.

Η Ειρήνη δουλεύει πολύ. Το κατάστημα είναι ανοιχτό μέχρι τις πέντε το πρωί. Κάθε μέρα. Ο αδελφός της αναλαμβάνει τη βραδυνή βάρδια.
Διακοπές; Ίσως το χειμώνα. Αλλά τότε είναι η συγκομιδή της ελιάς.
Το όνειρό της; Χρόνος για ταξίδια. Και χρόνος για ποίηση. Και για ανάγνωση ποίησης.
Για συγγραφή ποίησης.
Έχει ήδη γράψει μια ποιητική συλλογή. Τα μάτια της σπινθηροβολούν καθώς το λέει.
Θέλει να κάνει τα πάντα στις διακοπές της. Τα πάντα την ίδια στιγμή λέει, και γελάει.
Αλλά να γράφει πιο πολύ απ' όλα.
Ίσως και να τα καταφέρει. Ίσως στο σπίτι της φίλης της της Κορίνας στο χωριό πάνω.
Στον Πύργο.
Αυτή τη φορά είναι η σειρά μου να γελάσω, επειδή έχω ζήσει στον Πύργο και έχω
ταξιδέψει με την Κορίνα αρκετές φορές.

46. Η φίλη μου η Παλομήνα Β.

Κάθε μέρα νέοι επισκέπτες εμφανίζονται.
Φτάνοντας απόψε στο τραπέζι:
Ένα λαμπερό πράσινο σκαθάρι.
Μια πασχαλίτσα.
Και ένα σκαθάρι σε χρώμα σκουριάς. Με ένα στενό-
μακρο σώμα και λεπτά φτερά.
Αυτό βρίσκει την ατυχία μέσα στο κρασί μου. Και εξα-
κολουθεί να φαίνεται όμορφο εκεί.

Ακόμα όμορφο παρά την ατυχία του.
Με τα φτερά του.
Ροζ.
Αναπαυμένο στο θάνατο.
Στο βαθυκόκκινο του κρασιού.

Η Κλυταιμνήστρα είναι απούσα. Ο Ορέστης είναι ήδη
στο κρεβάτι.
Αλλά μια ακόμη απτέρυγη ακρίδα είναι εδώ. Με τα
ανυψωμένα πίσω τεταρτημόρια, κινείται προς τα
εμπρός πάνω στο τραπέζι. Το κυρίως σώμα ολισθαίνει
κατά μήκος της επιφάνειας. Τα εντυπωσιακά σαγόνια
της γίνονται αισθητά καθώς προχωρούν πάνω στο
πλαστικό τραπεζομάντηλο. Όπως ένα κυνηγόσκυλο
που οσμίζεται άγριο παιχνίδι.

Ένα σκαθάρι, επίπεδο και σε φυστικί χρώμα, στροβι-
λίζεται πάνω στό σημειωματάριό μου. Ένα ανοιχτο-
πράσινο, τρυφερό πλάσμα. Σαν να είναι καμωμένο

από μετάξι. Η Παλομήνα.

Palomena viridissima. Τι ωραίο όνομα! Για το μισητό πράσινο βρωμοέντομο.

Η Παλομήνα πετά. Αφήνεται να πέσει. Στο φορητό υπολογιστή. Φτάνει ψηλά μέχρι τη λάμπα. Πέφτει στο τραπέζι. Βρίσκεται ανάσκελα. Με τη βοήθειά μου σκαρφαλώνει πάνω στο νεροπότηρό μου. Για να ξαναπετάξει. Της αρέσει ο υπολογιστής μου. Αφήνεται να πέφτει ξανά και ξανά πάνω στο πληκτρολόγιο. Ανεβαίνει στην άκρη της οθόνης. Μπουσουλάει κατά μήκος του. Πετάει ξανά.

Σε ποιο συμπέρασμα καταλήγει ένα σκαθάρι που μετράει το φορητό υπολογιστή μου με γρήγορα μικρά βήματα ποδιών τριών ζευγαριών;

47. Αναπόληση της κρίσης;

Οι Έλληνες είναι οι δημιουργοί της τραγωδίας. Της αρχαίας τραγωδίας. Πρέπει να κάνουμε θυσίες. Τους ακούω έτσι να λένε σήμερα. Οι κρίσεις στη ζωή είναι καλές. Ακόμη και απαραίτητες. Δεν θά 'πρεπε κανείς να αποφεύγει τις κρίσεις στο δρόμο μου. Αυτός είναι ο μόνος τρόπος για να αναπτυχθούμε περαιτέρω. Να ανανεωθούμε. Ο μόνος τρόπος με τον οποίο οι άνθρωποι μπορούν να φτάσουν στα ουσιώδη. Έχω ακούσει αυτόν τον ισχυρισμό τουλάχιστον τρεις φορές. Είναι αυταπάτη. Αυτοπροστασία. Αυθυποβολή. Πηγαίο κίνητρο;

Ποιος γράφει όταν τα πράγματα τού έρχονται μια χαρά; Λέει η Ειρήνη. Και με κοιτάζει προκλητικά.

Η Ειρήνη. Η Χριστίνα. Και ο Σταύρος. Και πολλοί άλλοι. Λένε: Η κρίση είναι καλή για την Ελλάδα. Η Ελλάδα θα αναπτυχθεί περαιτέρω. Θα ξεπεράσει τον εαυτό της. Με κοιτάνε και ρωτάνε: Από τη Γερμανία; Και πώς ζείτε εκεί, χωρίς κρίση;

48. Ο Αιώνιος Περικλής

Σήμερα το πρωί, ο Περικλής εμφανίστηκε στο χωριό. Ανοίγει γρήγορα την πόρτα του αυτοκινήτου του. Βγάζει ένα κουτί. Σηκώνει το καπάκι. Και από κάτω βρίσκεται το γουρουνόπουλο. Τέλος πάντων! Μισο-γουρουνόπουλο. Σε μία στρώση από χοντρό αλάτι και ρίγανη. Οτιδήποτε έχει πόδια έρχεται τρέχοντας. Τους ξύπνησε η κόρνα του αυτοκινήτου. Τους τράβηξε η μυρωδιά του ψημένου ζώου.

Κάθε Σάββατο μαζεύονται έτσι σ' αυτή την πλατεία. Και μετά κάθονται στο καφενείο του Γιώργου. Με ένα κομμάτι χοιρινό τυλιγμένο σε λαδόκολλα. Περιμένοντας μαζί για το αυτοκίνητο με τα λαχανικά. Για το αυτοκίνητο με τα είδη οικιακής χρήσης. Με το ψωμί. Για το αυτοκίνητο με το φρέσκο ψάρι.
Μερικοί πίνουν έναν μονό ελληνικό γλυκύβραστο. Μερικοί απλώς περιμένουν.

Ακόμη και ο Περικλής Νο 2, ο σκύλος του Γιώργου, περιμένει. Τα Σάββατα, μερικά καλά κομμάτια πέφτουν και σ' αυτόν.
Δεν περιμένω κανέναν. Θέλω να πάω στη θάλασσα. Και αυτή τη φορά ταξιδεύω με τον γιγαντόσωμο Περικλή. Με τον Περικλή και το υπόλοιπο τεταρτημόριο χοιρομέρι.

Τα χαρακτηριστικά του προσώπου των ηρώων είναι παρόμοια ανά τους αιώνες. Ο Περικλής μοιάζει με Ελληνα από ένα άλμπουμ φωτογραφιών. Ένα άλμπουμ από την αρχαιότητα.

Ρωτώ πού μένει. Στο Καρυοβούνι, λέει.

Για τα τελευταία πενήντα χρόνια τώρα. Όλη η οικογένειά μου κατάγεται από εδώ. Ανά τους αιώνες.

49. Γνωρίζετε τον Φουκουόκα;

Πρέπει να κοιτάξω ένα δωμάτιο στη Στούπα. Ένα δω-
μάτιο για μακροπρόθεσμη ενοικίαση. Χωρίς θέα στη
θάλασσα, αλλά φθηνό. Αν κάποιος το νοικιάσει του-
λάχιστον για έξι μήνες. Ένα δωμάτιο με έναν από τους
αμέτρητους Σταύρους εδώ γύρω. Με τον Σταύρο από
την Καλλιόπη.

Η ιδέα προέρχεται από τον Λέοντα τον αστυνομικό
και τη σύζυγό του τη Νάνσυ. Φυσικά, η Νάνσυ ονο-
μάζεται Nancy μόνο για τους τουρίστες.
Η Νάνσυ με θέλει οπωσδήποτε για γειτόνισα το επό-
μενο καλοκαίρι.
Ή μήπως θέλει μόνο να κάνει το χατήρι του Σταύρου;
Ο Λέων και ο Νάνσυ ζουν με τον Σταύρο το καλοκαί-
ρι. Στην περίοδο αιχμής. Ωστόσο, νοικιάζουν τα δω-
μάτια για όλο το χρόνο. Επειδή έτσι είναι φθηνότερα.

Ο Σταύρος με παραλαμβάνει. Δεν γνωρίζω τον Σταύ-
ρο. Ποτέ δεν έχουμε γνωριστεί, όλα αυτά τα χρόνια.
Πάτε με τα πόδια κάθε μέρα; Δεν θα το επιτρέψω. Θα
σας πάω εγώ με το αυτοκίνητο! Λέει ο Σταύρος. Το
λέει πριν καν αρχίσουμε την κουβέντα. Θα βοηθήσω.
Μου αρέσει να βοηθάω τους ανθρώπους, λέει.

Σκέφτομαι τον Σταύρο, την Ειρήνη, τον Μίμη. Πολ-
λούς άλλους. Όλοι τους χαίρονται να βοηθάνε. Και
τους πιστεύω τους πιο πολλούς από αυτούς.
Γνωρίζετε τον Φουκουόκα; ρωτά ο Σταύρος, καθώς

μπαίνουμε στον κήπο του.

Φυσικά, αλλά γιατί πήγε το μυαλό σας στον Φουκου-όκα;

Ο κήπος μου, λέει. Τον στήνω σύμφωνα με τη μέθοδό του.

Δεν είχα κήπο για το μεγαλύτερο χρονικό διάστημα, αλλά η περικοκαλλιέργεια παραμένει ακόμα ένα από τα αγαπημένα μου θέματα.

Ένα καλό σημείο εκκίνησης για μια επιχειρηματική συζήτηση.

Η θέση του σπιτιού δεν είναι κακή. Με τα πόδια, είναι μόνο μερικά λεπτά από τη θάλασσα.

Αλλά ένα δωμάτιο χωρίς θέα στη θάλασσα.

Κάτι τέτοιο δεν υφίσταται για μένα.

Ο Σταύρος με φέρνει πίσω με το αυτοκίνητο εκείνο το βράδυ ούτως ή άλλως. Πίνουμε ένα άλλο ούζο μαζί στο μικρό καφενείο εκεί στο χωριό. Σαν να κλείσαμε μια καλή επιχειρηματική συμφωνία μαζί.

50. Αγαπημένη μουσική

Πιστεύω ότι οι Έλληνες εδώ παρήγγειλαν ένα κύμα καύσωνα από τον Θεό τους. Έτσι ώστε ολόκληρος ο κόσμος από την Αθήνα, ή από οπουδήποτε αλλού, να συρρέει στη θάλασσα.

Λόγω του καύσωνα, συμβιβάζομαι χωρίς την εκτεταμένη πρωινή τελετουργία στη βεράντα. Ούτως ώστε να φτάσω αρκετά νωρίς στη θάλασσα. Πριν από τον μεσημεριανό υπνάκο.
Φοβάμαι πως κανείς δεν θα κατέβει με το αυτοκίνητο σήμερα. Σχεδόν κανείς δεν φαίνεται στο χωριό. Όλοι έχουν κρυφτεί στη σκιά πίσω από τα κλειστά παντζούρια και τις πόρτες. Ποιος έχει διάθεση ν' αψηφήσει τον καύσωνα; Μόνον οι τουρίστες!

Είμαι τυχερή. Μόλις έβγαλα ένα μπωλ με νερό για τον σκύλο, τον ψωριάρη. Που εξορίστηκε από το χωριό. Τότε ακούω ένα αυτοκίνητο να έρχεται. Ο Παπανίκος μού γνέφει. Ο Άγιος Πατέρας από τη Σαϊδόνα. Με το πλατύ του χαμόγελο. Τα διακόσια κιλά του. Το χρωματισμένο από τα απομεινάρια του φαγητού ράσο του. Μέσα από το σαρκώδες πρόσωπό του, τα μάτια του γελούν. Χαιρετάμε ο ένας τον άλλο σαν παλιόφιλοι. Ο παπάς συνεχίζει να κλαίγεται για τα άσχημα Αγγλικά του. Και εγώ, για τα κουτσοελληνικά μου.

Με δυνατή μουσική από το στικάκι μνήμης. Με ανοιχτά παράθυρα και ένα αιωρούμενο ράσο, κατεβαίνουμε το βουνό. Ένα αυτοκίνητο που έρχεται από την αντίθετη κατεύθυνση μάς προσπερνά. Ο Παπανίκος κάνει χειρονομίες καταενθουσιασμένος. Και επανέλαβε αρκετές φορές: ο αδελφός μου. My brother. Αυτός ήταν ο αδερφός μου. Δεν είχα δει τον αδερφό του. Δεν μπορούσα να δω αν ανήκε κι αυτός στην οικογένεια των κολοσσών.

Κάνει αφόρητη ζέστη. Ακόμα, ο Παπανίκος έχει πολλά να κάνει.
Όχι μόνο βαπτίσεις, γάμους, κηδείες. Αλλά ακόμη και τα γενέθλια των Αγίων και των Μαρτύρων κρατούν τον Παπανίκο βουτηγμένο στον ιδρώτα όλο το καλοκαίρι.

Σήμερα είναι η γιορτή της Αγίας Παρασκευής. Ο Παπανίκος βρίσκεται στο δρόμο για την Καρδαμύλη. Εκεί επισκέπτεται μια γριά με το όνομα Παρασκευή. Ίσως για τελευταία φορά. Στο δρόμο, σταματά μπροστά στο μαγαζάκι στο Νεοχώρι. Μένω στο αυτοκίνητο με το συγκρότημα Credence Clearwater Revival.
Ως ένδειξη της φιλίας μας, παίρνω ένα μπουκάλι νερό, ένα μπουκάλι παγωμένο νερό. Και μία γρανίτα.
Αυτή τη φορά είναι η σειρά των oldies, λέει ο παπάς. Τα ακούω ξανά και ξανά. Μέχρι που τα βαριέμαι.

Θέλω να πάω μαζί του στην Καρδαμύλη;
Σκέφτομαι για λίγο. Η αφόρητη ζέστη στο στενό χώρο και τα άσχημα Ελληνικά μου μου βάζουν φρένο.
Δεν πειράζει, ο Παπανίκος είναι φίλος μου.

Μια άλλη μέρα, ο Παπανίκος οδηγεί μέχρι την Καστανιά. Όταν με βλέπει να περιμένω, κάνει στροφή και με πηγαίνει κάτω στη θάλασσα. Όπως πάντα, με ανοιχτά παράθυρα και τη μουσική στη διαπασών. Με σπάνιες, άγνωστες μπάντες της δεκαετίας του '70. Ο Παπανίκος είναι πάντα σε καλή διάθεση. Είναι η γιορτή ενός άλλου Αγίου σήμερα; Όχι, λέει, μόνο περικοπές από την Αγία Γραφή. Για όσους χρειάζονται παρηγοριά στα γύρω χωριά. Που τον πληρώνουν γι᾽ αυτό.

Η κάθε μέρα φέρνει στον Παπανίκο εισόδημα. Κάθε μέρα, το ποίμνιό του τον καλεί. Είναι μια καλή ενορία. Ακόμα και την αγάπη του για τη ροκ μουσική τού την συγχωρούν.

51. Αγαπημένη μουσική ΙΙ

Μέρα με τη μέρα, ο Ήλιος ανατέλλει νωρίτερα. Ο πρωινός χαιρετισμός του γίνεται όλο και πιο ζεστός και πιο αδίστακτος. Αφήνω το χωριό νωρίτερα. Πριν η ζέστη γίνει αφόρητη.

Το βράδυ, επιστρέφω αργά. Το σακκίδιό μου φαίνεται να γίνεται βαρύτερο μέρα με τη μέρα. Και καταριέμαι τον ενθουσιασμό μου για τη θερινή εργασία. Υπολογιστής, φορτιστής, μαγνητόφωνο, μικρόφωνο, χειρόγραφο και εξοπλισμός μπάνιου. Παραμορφωμένη από το βάρος, σέρνομαι δύο χιλιόμετρα μέχρι τη διασταύρωση.

Με το ζόρι βρίσκομαι εκεί όταν ένα φορτηγάκι μεταφορών σταματά. Νεοχώρι; ρωτάει ο οδηγός. Προς τα εκεί πάω έτσι κι αλλιώς. Τουλάχιστον για τα μισά της διαδρομής. Ο οδηγός, γύρω στα πενήντα, με λευκά μαλλιά και νεανικό βλέμμα, φαίνεται βυθισμένος στη μουσική του. Μελαγχολική μουσική. Poly oraia, λέω. Polu kala mousika. Ανεβάζει την ένταση της μουσικής. Ανεβαίνουμε το βουνό. Η μουσική ξεχύνεται στο τοπίο. Το καλύπτει. Σε κάθε στροφή, εμφανίζεται η θάλασσα. Ο ήλιος καίει. Καθρεφτίζεται φλογερός, στην επιφάνεια του νερού. Μετά, γλιστράει ακόμη πιο βαθιά.
Ο ήλιος δεν πέφτει στο νερό. Όχι, πέφτει πίσω από το τεράστιο σκοτεινό βουνό. Που βγαίνει απ' το νερό, απέναντί μας.

Εκφράζω την εκτίμησή μου για τη μουσική. Είναι εξαιρετική. Γιώργος Ξυλούρης, λέει ο άνδρας. Παίζει με τον Ross Daly. Έναν Ιρλανδό που ζει στην Κρήτη.

Γράφω "Ξυλούρης" πάνω στο χέρι μου. Θαυμάζω το φλογερό θέαμα πάνω από τη θάλασσα. Και ακούω τη μουσική καταγοητευμένη.

Ο άνθρωπος κοιτάζει την ώρα: έχω ένα λεπτό ακόμα. Θα σας πάω λίγο πιο πέρα. Με φέρνει στην είσοδο του χωριού μου.

52. Καλοκαιριάτικη Παρασκευή στο χωριό

Το μεσημέρι ακούγεται πιο ξεκάθαρα το θρόισμα των φύλλων. Επειδή το χωριό είναι ήρεμο. Τα ζώα έχουν κρυφτεί. Τα ίδιο και τα περισσότερα έντομα. Ο ήλιος έχει όλο το ελεύθερο να τσουρουφλήσει το τοπίο. Ο ήλιος έχει όλο το ελεύθερο να κάψει τις πέτρες των σπιτιών του χωριού. Οι τοίχοι εκπέμπουν θερμότητα. Και ο αέρας που αναπνέει κανείς καίει τη μύτη.

Στο εσωτερικό των σπιτιών. Πίσω από τα ξύλινα παντζούρια. Πίσω από τους δασείς πέτρινους τοίχους, ο αέρας είναι υποφερτός. Οι χωριανοί καταφεύγουν εκεί. Κάθε μεσημέρι. Μέχρι αργά το απόγευμα. Οι δρόμοι είναι άδειοι. Η εκκλησία ερειπωμένη. Τα καταστήματα κλειστά. Τι συμβαίνει πίσω από τα κλειστά ρολά;

Στη μεσημεριανή ραστώνη μια διαπεραστική φωνή. Βγαίνει από ένα μεγάφωνο. Ένα αυτοκίνητο σκαρφαλώνει προς τα πάνω, από τη μια άκρη στην άλλη. Η ηχώ μιας γυναικείας φωνής ταράζει την ηρεμία του απογεύματος. Στα Ελληνικά και στα Αγγλικά ανακοινώνει τη Γιορτή της Σαρδέλας. Εκείνο το βράδυ, στο λιμανάκι του Αγίου Νικολάου. Η στεντόρεια φωνή καταστρέφει την ισορροπία του περιβάλλοντος. Ένα φοβισμένο πουλί πετά στα κληματόφυλλα της πέργκολας. Μπερδεύεται στα φύλλα της.
Ένα σκαθάρι χάνει τον προσανατολισμό του. Στέκεται

ανάσκελα πάνω στο τραπέζι. Ακινητοποιημένο, με τα μικρά πόδια του στον αέρα.

Και τα γατάκια είναι σαστισμένα. Στη συνέχεια γέρνουν προς τα πίσω κάτω από την κοιλιά της μητέρας τους. Ρουφούν τις θηλές της και πέφτουν ξανά για ύπνο. Ονειρεύονται σαρδέλες. Και μελλοντικές Γιορτές.

Μετά από λίγο, η παραλυτική ραστώνη του απογεύματος έχει επιστρέψει. Οι σφήκες έχουν αποσυρθεί. Οι ακρίδες.

Μόνο τα επιμελή μυρμήγκια συνεχίζουν ακόμη. Δεν χρειάζονται ανάπαυση το μεσημέρι.

Τα τζιτζίκια τραγουδούν πεισματικά.

Μυρμήγκια και μυίγες. Γιγαντιαίες μυίγες. Αναλαμβάνουν τον έλεγχο της βεράντας. Βουίζουν σε σμάρια. Κολλάνε στο δέρμα κάποιου. Τσιμπάνε. Προμηνύουν τη βροχή.

Το ουρλιαχτό από το μεγάφωνο έκανε το σκαθάρι να χάσει την ισορροπία του. Για πάντα. Πέφτει ανάσκελα. Στον τοίχο της βεράντας. Ψάχνει τον αέρα με τα πόδια του. Θέλει να γυρίσει. Σκοντάφτει και κουνιέται. Φτάνει κοντά στην άκρη. Φτάνει στο βάθος. Λίγο αργότερα ακούω το βουητό του στην κληματαριά. Τότε ξαναπέφτει. Μέσα στην άβυσσο. Ξαναβρίσκει το δρόμο του γυρισμού. Και όλα ξεκινούν απ' την αρχή.

Μέχρι να αφανιστεί η αποφασιστικότητά του.

Μέχρι να αποκάμει η δύναμή του.

Για τα καλά.

Αντίο, όμορφο σκαθάρι με τα λαμπερά φτερά σου. Φανταχτερό σκουροπράσινο.

53. Ο τρελλός μέσα μου, ο τρελλός μαζί μου

Ο Ήλιος είναι έτοιμος να δύσει. Οι σφήκες είναι πάλι πίσω. Πιο πολυάριθμες και πιο απειλητικές από πριν. Έχουν ένα τρελλό πάθος για μένα. Αυτή η έκφραση με εκπλήσσει. Μου στήνει ενέδρα. Ποτέ δεν την χρησιμοποίησα πριν. Τη χρησιμοποιώ. Χωρίς να την καταλαβαίνω πραγματικά.

Οι σφήκες. Έχουν ένα τρελλό πάθος για μένα. Με λυντσάρουν. Παραμένω ήρεμη. Ξέρω ότι αυτό είναι η καλύτερη άμυνα.
Απλά καθόλου πόλεμος με τις σφήκες!

Έχω γίνει μέρος του τοπίου. Για τα έντομα, ανήκω στον κόσμο τους.

Οι ελληνικές μυίγες είναι έξυπνες. Αναγνωρίζουν τους κινδύνους. Σκότωσα μια γιγαντιαία μυίγα. Τότε όλες οι υπόλοιπες εξαφανίστηκαν μεμιάς.

54. Η Μέρα της φάρας των Καραμάνηδων

Σήμερα είναι Τρίτη. Και οι καμπάνες χτυπάνε από νωρίς το πρωί.
Κηδεία. Ή γιορτή.
Βγάζω τα σκουπίδια έξω. Πλένω τα ρούχα και βάζω μπουγάδα. Κανείς δεν θά 'πρεπε να κάνει τίποτα από αυτά σήμερα. Αργία. Έτσι ορίζει η τοπική εκκλησία.
Απλώνω τα ρούχα και πηγαίνω στο καφενείο. Παραγγέλλω έναν ελληνικό.
Οι άνθρωποι ξεχύνονται από την εκκλησία. Με το αντίδωρο στα χέρια τους.
Μια γυναίκα κάθεται δίπλα μου και μου δίνει ένα κομμάτι άρτο. Ο άρτος έχει φουσκώσει όμορφα. Αρωματικός. Κίτρινος από το ελαιόλαδο. Με σουσάμι και λίγο γλυκάνισο.
Άρτος. Αγιασμένο ψωμί. Για τους πιστούς. Την Ημέρα του Σωτήρος. Αρτοκλασία με αγιασμένο ψωμί για την ευημερία ζώντων και νεκρών της φάρας των Καραμάνηδων.

Οι Καραμάνηδες, που ζούν σε τρία χωριά, μετανάστευσαν στην Αμερική. Οι άνδρες. Οι γυναίκες έμειναν εδώ. Μόνο λίγοι ήρθαν αργότερα. Αν οι άνδρες δεν μπορούσαν να βρουν καλύτερες νύφες στην ξένη γη.
Οι γυναίκες έμειναν εδώ και έστειλαν τα παιδιά τους στην ξενιτειά. Με πλοίο. Κανένας πια δεν κάνει τέτοια πράγματα. Στις μέρες μας τα παιδιά δεν επιτρέπεται πια να βγουν μόνα τους στον κόσμο. Στις μέρες μας τα παιδιά πρέπει να μένουν εδώ. Και να σπουδάσουν.

Ούτως ώστε κάτι να γίνουν εδώ. Αυτό λέει ο επικεφαλής της φάρας των Καραμάνηδων. Ένας επιβλητικός γέρος.

Έχει καθίσει μαζί μας και στρέφει την προσοχή του σε μένα. Τότε στα παλιά τα χρόνια πηγαίναμε στην Αμερική μόνοι μας. Χωρίς γονείς και συγγενείς. Παρ' όλα αυτά, γίναμε κάτι, λέει. Δικηγόροι, γιατροί, δάσκαλοι. Οι πατεράδες μας εργάστηκαν σκληρά για την Αμερική.

Όλοι πήγαν στο Ντητρόιτ. Κατά χιλιάδες. Από τα γύρω χωριά. Τώρα επιστρέφουν. Οι γέροι. Με καλές συντάξεις. Οι νέοι μένουν εκεί. Τίποτα καλό δεν τους περιμένει εδώ.

Πήγαμε στην Αμερική. Επειδή η Αμερική άνοιξε τα σύνορα τότε, λέει ο ηλικιωμένος, επιβλητικός κύριος. Σήμερα, οι νέοι μας πηγαίνουν στη Γερμανία. Στην Αγγλία. Την ΕΕ. Δεν υπάρχει μέλλον γι' αυτούς εδώ!

Η Ελέν, η γυναίκα με το αντίδωρο, είναι επίσης μία Καραμάνισσα. Λέει: Είμαι Ελληνοαμερικανίδα. Αλλά τα παιδιά μου είναι Αμερικανοί. Επειδή γεννήθηκαν εκεί ως δεύτερη γενιά. Και εγώ γεννήθηκα εκεί. Αλλά από Έλληνες γονείς. Πάντα, --ακόμα και τώρα-- έλεγα ότι είμαι Αμερικανίδα. Για να μην με πειράζουν στο σχολείο.

Τους ανθρώπους τους πειράζουν και εδώ, λέει ο Πέτρος Καραμάνης, ένας από τους επαναπατρισθέντες. Τα παιδιά μου ήταν μάλλον στην Πέμπτη τάξη όταν ήρθαμε πίσω. Και όλοι γελούσαν μαζί τους. Τους έβγαζαν παρατσούκλια. Χαζοαμερικανάκια. Αμόρφωτα. Επειδή δεν μπορούσαν να διαβάζουν και να γράφουν στα Ελληνικά. Έπρεπε να πάνε στην Πρώτη τάξη. Αλλά μετά τους δείξαμε. Έγιναν οι καλύτεροι μαθητές στην τάξη. Και ακόμα και εγώ χρημάτισα δήμαρχος για ένα διάστημα. Σχεδόν κάθε Έλληνας από την περιοχή, ή κάποιος από τους στενούς συγγενείς του, έχει μεταναστεύσει. Ο πατέρας της Ελέν, ο ηλικιωμένος κύριος με τα ωραία χαρακτηριστικά, ήταν στον στρατό. Εκεί, θα μπορούσε να πάει στο πανεπιστήμιο. Έγινε δικηγόρος. Αργότερα πήγε στη βιομηχανία ψυχαγωγίας. Διαχειριστής μπάντας. Όχι όχι. Δεν υπάρχει ελληνική μουσική. Ούτε συρτάκι και καλαματιανός. Όλα τα παιδιά μου πήγαν στο Πανεπιστήμιο, λέει. Η Ελέν έχει επίσης πτυχίο στη Διοίκηση Επιχειρήσεων.

Ο γερο-Καραμάνης είναι περήφανος για το σόι του. Μου ζητάει να τον συνοδέψω στο καφενείο. Μια μεγάλη φωτογραφία κρέμεται εκεί. Ο ίδιος ως παιδί με τους συμμαθητές του. Το χωριό είναι περήφανο γι' αυτόν. Υπάρχει ακόμη και μια θέση για τη μητέρα του: μια μικρή φωτογραφία κολλημένη στη γωνία της κορνίζας της φωτογραφίας. Η μητέρα του ήρωα του χωριού.

Η οικογένεια του Καραμάνη ήταν πάμφτωχη. Σήμερα, ένας Καραμάνης είναι το καμάρι του χωριού του. Ο Πανάγιος Σωτήρ προστατεύει τη φάρα των Καραμάνηδων. Και κάθε μέρα την ημέρα της γιορτής Του, ερχόμαστε εδώ, από όλο τον κόσμο. Και εκφράζουμε τις ευχαριστίες μας. Αυτό είναι το τάμα μας.

Η σημερινή Λειτουργία τελέστηκε από δύο ιερείς. Από τον Παπανίκο. Και τον Γέροντα ιερέα. Που πρόσφερε τις υπηρεσίες του στην Ελληνική κοινότητα στην Αμερική. Και συνταξιοδοτήθηκε πίσω στην παλιά πατρίδα. Καθώς οι Καραμάνηδες φεύγουν από το καφενείον, η διάθεσή τους γίνεται ξεκάθαρη. Μερικοί άνθρωποι από το χωριό δεν θα μου ξαναμιλήσουν ποτέ.

55. Συννεφιασμένο καλοκαίρι

Το πρωί, τα βουνά της Κορώνης απέναντι έχουν εξαφανιστεί. Σαν να τα έχει καταπιεί η θάλασσα. Μόνον αργά η θάλασσα τα αφήνει να εμφανιστούν ξανά.
Το θάμπος γίνεται όλο και πιο καθαρό.
Δεν εξαφανίζεται εντελώς.
Μόνο στα τέλη του φθινοπώρου.
Μόνο το χειμώνα.
Μόνο τότε η θέα είναι ξεκάθαρη, και μπορεί κανείς να δει ξεκάθαρα τον άλλο δάκτυλο της Πελοποννήσου.

56. Μαθήματα γάτας

Χθες, η μάνα γάτα περίμενε με τα τέσσερα γατάκια της στο περβάζι.

Σήμερα το πρωί, όλα τους περιμένουν ήδη στο κατώφλι.

Ζητούν το πρωινό τους. Τους δίνω ψωμί και γάλα. Συνήθως η μητέρα αφήνει τα γατάκια της να φάνε πρώτα το φαγητό τους. Μερικές φορές τους το αφήνει όλο.

Σήμερα, η μάνα διώχνει τα μικρότερα μακριά με ένα σκούντημα. Σήμερα, δαγκώνει κάθε γατάκι γύρω από το αυτί του, αριστερά και δεξιά και τρώει όλο το φαγητό η ίδια. Πολύ θα ήθελα να μάθω τι μάθημα τους δίνει σήμερα.

57. Η αμφιβολία των επαναπατρισθέντων

Ένας που έχει μια καλή σύνταξη και ένα ολόκληρο συγγενολόι γύρω του μπορεί να απολαύσει την επιστροφή.
Ο Μίμης ζει μόνος του στον Μανιάτικο πύργο του.
Ίσως ήταν λάθος. Ίσως τελικά θα έπρεπε να είχα μείνει στο εξωτερικό. Στη Γερμανία. Ή στην Αμερική.

Η οικογένεια του Μίμη δεν είχε λεφτά για να πληρώσει για το Πανεπιστήμιο.
Αλλά φρόντισε ο ίδιος για την εκπαίδευσή του. Και αξιοποίησε κάθε ευκαιρία γι' αυτό. Πήγε στα καράβια. Μετά από λίγο, θα είχε τη δυνατότητα να σπουδάσει. Αλλά όλα πήραν άλλη πορεία. Πρώτον, έπρεπε να πάει στον στρατό. Για δύο χρόνια. Μετά, η Porsche ζητούσε υπαλλήλους και πήγε στη Γερμανία για οκτώ χρόνια. Αργότερα, μετανάστευσε στην Αμερική. Γιατί στην Αμερική; Δεν ήθελε να έχει αφεντικό. Ήθελε να είναι ο ίδιος το αφεντικό. Δεν του επιτρεπόταν να το κάνει αυτό ως Έλληνας στη Γερμανία τότε. Μόνο με μια Γερμανίδα σύζυγο. Ή έναν κρυφό συνεργάτη. Η Αμερική είχε ανοίξει τις πύλες. Χρειαζόταν ανθρώπους σαν κι εμένα. Προτίμησα να πάω στην Αμερική.

Ο Μίμης ίδρυσε μια μικρή εταιρεία. Μια εταιρεία ελαιοχρωματισμών και διακόσμησης. Η επιχείρηση ήταν καλή. Το καλοκαίρι η εταιρεία είχε εκατοντάδες εργαζόμενους. Το χειμώνα, μείωνε τους αριθμούς. Και μπορούσε έτσι να ταξιδεύει.

Μετά πέθανε η σύζυγός του. Και τα χάλασε με τον συνεταίρο του. Τίποτα δεν μπορούσε πια να τον κρατήσει πίσω. Πήρε το μερίδιό του και επέστρεψε στην πατρίδα του. Έψαξε για σπίτι. Ένα σπίτι με θέα στη θάλασσα.

Ο Μίμης επέστρεψε τριάντα χρόνια πριν. Πίσω στην Ελλάδα. Βρήκε έναν μικρό παράδεισο στη Μάνη. Σήμερα, δεν είναι πλέον βέβαιος αν αυτό δεν ήταν λάθος. Δεν είμαι Μανιάτης, λέει. Είμαι Σπαρτιάτης. Από την αρχαιότητα, τίποτα δεν έχει αλλάξει εδώ. Για τους ανθρώπους εδώ, είμαι ξένος. Στην Αμερική, όλοι ήταν ξένοι.

58. Στο πεδίο μάχης της βεράντας, σημαίες κυματίζουν

I
Πολλά γεγονότα στη βεράντα και στον κήπο κρύβο-
νται από μένα.
Μόνο τα επακόλουθα. Τα ίχνη. Τα απομεινάρια των
μαχών είναι μερικές φορές
ορατά.

Καθώς μπαίνω σήμερα στο σπίτι, ένας μικρός στρα-
τός με κυματιστές σημαίες κινείται πάνω στο γύψινο
μονοπατάκι στον κήπο. Τα μυρμήγκια μεταφέρουν με
σχολαστικότητα φτερά πουλιών πάνω από τα μεγάλα
εξογκώματα. Τα μεταφέρουν σαν όρθια κεριά. Φτερά
πουλιών.
Προς τα πού! Γιατί!
Τόσα πολλά φτερά!
Τα φτερά είναι γκριζογάλανα, όπως το έδαφος.
Αυτή η νίκη των γατιών πάνω στα πουλιά θα μου είχε
διαφύγει, αν δεν ήταν τα μυρμήγκια.

Τρομερές μάχες λαμβάνουν χώρα κατά την απουσία
μου.
Φέρνω το πρωινό μου στη βεράντα. Πίσω από την κα-
ρέκλα μου βρίσκεται ένα κομμάτι κορδόνι, παχύ όσο
το δάχτυλό μου, στο πάτωμα. Το είχα δέσει στην κα-
ρέκλα λίγες μέρες πριν. Ένα παιχνίδι για τα γατάκια.
Βάζω τον δίσκο στο τραπέζι. Από τις άκρες των μα-
τιών μου παρατηρώ το κορδόνι.
Φαίνεται ότι οι γάτες το κουρέλιασαν. Τώρα είναι

εντελώς καταπατημένο από τα μυρμήγκια.

Ένας μυρμηγκόδρομος διαμορφώνεται. Μεταξύ του σχοινιού, των κάγκελων της βεράντας και πιο πέρα. Εκατοντάδες μικρά, ανήσυχα όντα πηγαινοέρχονται βιαστικά μπρος πίσω. Στο κορδόνι. Και πέρα από το κορδόνι. Ο δρόμος είναι μεγάλος. Οδηγεί πάνω από τα κάγκελα πάνω στο κλαδεμένο κλωνάρι της γέρικης κληματαριάς. Και από εκεί πιο πέρα. Στριφτός και κρυμμένος. Σε ένα βασίλειο που δεν μπορώ να το εξερευνήσω. Καθώς κοιτάω πιο κοντά, το κορδόνι μοιάζει με κομμάτι ενός φιδιού. Το κεφάλι και το μπροστινό μέρος έχουν εξαφανιστεί. Το υπόλοιπο έχει μάκρος μισό μέτρο. Πού είναι το κεφάλι; Και πόσο μεγάλο ήταν αυτό το ζώο;

Τα μυρμήγκια δεν νοιάζονται για τις ερωτήσεις μου. Έρχονται και φεύγουν. Για πολλές ώρες. Λίγες μέρες. Το δέρμα του φιδιού έχει ήδη αφαιρεθεί. Στον ήλιο, ένα διαφανές κοίλο λάμπει. Σαν να είναι φτιαγμένο από πλαστικό. Το κέντημα της σπονδυλικής στήλης λάμπει μέσα του. Η δαντέλα των πλευρών. Τα μυρμήγκια χρειάστηκαν τρεις μέρες και τρεις νύχτες. Ύστερα, το σώμα του κορδονιού εξαφανίστηκε. Πρώτα πρώτα, ο σκελετός παραμένει, καθαρός και αστραφτερός στον ήλιο. Μετά εξαφανίζεται κι αυτός. Τα μυρμήγκια δούλεψαν ακούραστα. Το διέλυσαν. Το μετέτρεψαν σε σκόνη. Και το μετέφεραν μακριά. Σπόρο το σπόρο. Τίποτα δεν πάει χαμένο. Τα πάντα επεξεργάζονται. Χρησιμοποιούνται. Εκκρίνονται. Και ενσωματώνονται εκ νέου στον αιώνιο, ατελείωτο κύκλο.

II

Είμαι στην βεράντα όλο το πρωί. Δεν υπάρχει ίχνος από τη σαύρα. Μήπως την παρέβλεψα; Μήπως δεν την πρόλαβα; Ή έπεσε στον Πελοποννησιακό Πόλεμο;

Στην εφημερίδα, διάβασα ότι ο Ομπάμα δεν μπορεί να προχωρήσει σε απεμπλοκή της χώρας από την ιδεοληπτική εμπόλεμη κατάσταση. Υπάρχει παρόμοια ιδεοληπτική εμπόλεμη κατάσταση στη φύση; Οι πόλεμοι εδώ διεξάγονται για το φαγητό. Πρόκειται για καθαρή επιβίωση. Από τη μια γενιά στην άλλη. Από μια μέρα στην άλλη. Από τον ένα χρόνο στον άλλο. Πρόκειται για αναπαραγωγή. Συνεχιζόμενη ύπαρξη στον κόσμο. Και στόχος της η μη εξαφάνιση.

59. Και εγώ, γιατί φονεύω;

Ένα μυρμήγκι σκαρφαλώνει στον φορητό μου υπολογιστή. Τρέχει πάνω στο πληκτρολόγιό μου. Το τινάζω μακριά. Φοβάμαι ότι θα περιπλανηθεί μέσα στον φορητό υπολογιστή. Θα ταφεί εκεί μέσα. Θα καταστρέψει τον φορητό υπολογιστή μου. Φυσάω. Το σκουντάω. Συνεχίζει να επιστρέφει. Το αρπάζω.
Φοβάμαι πως δεν θα επιβιώσει από την επίθεσή μου. (Φονεύω κάθε μέρα.)

60. Σάββατο πάλι

Είναι Σάββατο, λίγο μετά το μεσημέρι.
Και ένας πλούσιος Έλληνας βγαίνει από τη μεγάλη
πυλωτή του. Με μια συσκευή που βρυχάται στο χέρι
του και φυσά εκκωφαντικά, καθαρίζει το δρόμο μπρο-
στά από το σπίτι του. Το σπίτι ξεχωρίζει. Κρυμμένο
πίσω από έναν βράχο. Παράπλευρα στην είσοδο προς
το ορεινό χωριό. Όπου, εκτός από αυτόν, μόνο βράχοι,
σκόνη, ελιές και έντομα ζουν.

Τώρα πια, ξέρω καλύτερα.
Ένας Αλβανός καθαρίζει το τοπίο μπροστά στην πυ-
λωτή. Μπροστά στις πύλες από ανοξείδωτο χάλυβα
ενός πλούσιου Έλληνα, που πιθανώς έχει επισκέπτες
απόψε.
Ο θόρυβος επιδεινώνεται. Τραντάζει το βουνό και την
κοιλάδα. Ξυπνάει το βαρετό απόγευμα από το λήθαρ-
γό του.
Το φυσερό έχει σχεδόν καταλαγιάσει. Τα πουλιά τότε
μπορούν να ακουστούν. Ο άνεμος. Και τώρα πάλι, το
πέρασμα ενός αυτοκινήτου. Μετά, η γαλήνη του απο-
γεύματος του Σαββάτου καλύπτει απαλά την περιοχή
όπως η σκόνη.
Μόνο κατά το βραδάκι θα κουνηθεί ξανά.

Το βράδυ το χωριό είναι μια δημόσια σκηνή. Που γίνε-
ται αρκετά ζωντανή. Διάφορες σκηνές. Διαφορετικοί
χαρακτήρες. Οι γείτονες από πάνω μου στην πλαγιά
δεν μπορούν να μην ακουστούν. Ζουν έντονα. Όχι,

ζουν έξω. Δημόσια. Στο δημόσιο της βεράντας τους στη μέση του χωριού.

Οι γείτονές μου ζουν έντονα. Ειδικά το βράδυ. Έχουν επισκέπτες. Μιλούν, γελούν, τραγουδούν. Μπορούν να ακουστούν σε ολόκληρο το κάτω μέρος του χωριού. Μιλούν τόσο εκκωφαντικά που μπορώ να καταλάβω κάθε λέξη. Αλλά αναγνωρίζω μόνο μεμονωμένες λέξεις. Ξαφνικά μιλάνε για τη Νέα Δημοκρατία. Και μειώνουν τις φωνές τους. Μετά ξαναρχίζουν. Οι ήχοι τους σκουντουφλάνε κάτω στην πλαγιά και κατρακυλούν πάνω στον κήπο μου.

Οι γείτονές μου ζουν έντονα. Δεν το παρατηρούν. Ζουν στη βεράντα τους, όπως κάνω κι εγώ.

61. Νυχτερινή Επίσκεψη

Ένας οξύς πόνος από τσίμπημα με ξυπνάει. Νιώθω το πίσω μέρος του αριστερού χεριού μου σαν να το έχουν τσιμπήσει εκατό καυτηριασμένες βελόνες. Ανάβω το φως. Κοιτάζω την κόκκινη τσιμπιά. Πρήζεται κάτω από το βλέμμα μου. Χειρότερα κι από ένα κανονικό τσίμπημα κουνουπιού. Τεντώνομαι. Προσπαθώ να βρω κάποια αλοιφή. Ψάχνω μάταια για τον ένοχο φταίχτη. Μετά ξαπλώνω για άλλη μια φορά.

Ο ίδιος πόνος με ξυπνά ξανά. Αυτή τη φορά στο χέρι μου. Για άλλη μια φορά, όταν ανάβω το φως, κανένας δεν φαίνεται στο δωμάτιο.
Την τρίτη φορά, στέκομαι επάνω. Διερευνώ το κρεβάτι μου. Τινάζω τα μαξιλάρια. Κουνάω την κουνουπιέρα. Με ασύλληπτη ταχύτητα και κυματοειδείς κινήσεις, ένα μαύρο πλάσμα σέρνεται κάτω από το σεντόνι. Αφήνει πίσω της μια αποκρουστική μυρωδιά. Μια σαρανταποδαρούσα.

Ψάχνω μέσα στο κρεβάτι μου. Από τον απέναντι τοίχο, ένα είδος μικρής σαύρας πετάγεται πίσω στην κρυψώνα του. Την ικετεύω για βοήθεια. Ξαναπέφτω για ύπνο μόνο κατά το χάραμα.
Κατά τη διάρκεια της ημέρας, τα φυτά στον κήπο με γρατζουνάνε. Κάθε φορά που τα πόδια μου περνάνε από δίπλα τους. Είμαι κατατρομαγμένη. Ένα ρίγος με πιάνει κατά μήκος της σπονδυλικής στήλης μου.

Μέχρι τώρα, ποτέ μου δεν είχα παρατηρήσει πόσο κατάφυτος έχει γίνει ο κήπος. Στο κάτω μέρος του κήπου, οι καμάρες από πικροδάφνες καλύπτουν όλο το δρομάκι μέχρι το λουτρό. Ήδη τα γεράνια καταλαμβάνουν τη μισή εξωτερική κουζίνα. Τα λουλούδια του γαλάζιου λιναρόσπορου, που μέχρι τώρα είχαν κατακτήσει μόνο τον τοίχο του κήπου, παρελαύνουν πάνω στο μονοπάτι. Προς τον απέναντι τοίχο. Η πορεία τους συνθλίβει τα πάντα στο δρόμο τους. Ανάμεσα σε πέτρες και τρύπες στον τοίχο, ωθούνται προς το φως. Πετάνε τις πέτρες στην άκρη.

Αναλαμβάνω δραστικά μέτρα. Με τα κλαδευτήρια του κήπου, δίνω τέλος σε αυτό το όργιο των φυτών. Βάζω τάξη στην άγρια φύση. Ώσπου ένας μαγευτικός και διαχειρίσιμος κήπος βγήκε μέσα από τη ζούγκλα. Και δεν υπάρχουν πια άλλα φυτά να με πλησιάσουν.

62. Ο Ομφαλός του Κόσμου στη Θάλασσα

Υπάρχουν πολλά να δει κανείς στη βεράντα.
Υπάρχουν πολλά να δει κανείς στον κόσμο.
Το κέντρο του κόσμου είναι εδώ.
Κατευθείαν εδώ, όπου είμαι.

Ο κόσμος είναι παντού. Αλλά δεν το αντιλαμβάνομαι πάντοτε.
Ο κόσμος είναι παντού. Μερικές φορές δεν το παρατηρώ έτσι.
Ο κόσμος είναι παντού. Δεν τον αναγνωρίζω. Και μετά νοσταλγώ τον κόσμο.
Με πιάνει ο νόστος της περιπλάνησης.
Νοσταλγώ τον εαυτό μου.

Παντού, ψάχνω για τον εαυτό μου.
Στον κόσμο της βεράντας. Και έξω. Στο άπειρο της θάλασσας. Στο δρόμο. Σε κάθε ξεχωριστό άτομο που συναντώ. Και στη μάζα των ανθρώπων στην παραλία.

Οι άνθρωποι στην παραλία. Ανώνυμοι. Απρόσωποι. Έτσι τους έχω δει. Μια συμπαγής μάζα. Που την έχω αγνοήσει.
Το βλέμμα μου πετάχτηκε πάνω τους. Και ξεκουράστηκε πάνω στη θάλασσα. Η μάζα των ανθρώπων ήταν μια σκοτεινή, μια αποδιοργανωτική κηλίδα στο τοπίο.

Η κηλίδα με εμποδίζει από το να βλέπω την ομορφιά.
Και από το να βιώνω την
έκταση και την χάρη του κόσμου.
Μια μέρα ήμουν ξαπλωμένη σε μια ξαπλώστρα στην
υπερπληθή παραλία.
Κοίταξα τη θάλασσα. Ένα πλοίο πέρασε κοντά στην
παραλία. Με τα κιάλια του
κάποιος ατένιζε το πλήθος στην παραλία.
Μας κοιτούσε.
Με κοίταξε.
Περίεργα, έστρεψα το βλέμμα μου προς τα πίσω.
Στο πλοίο υπήρχαν πολλοί άνθρωποι. Αλλά μόνο
ένας με τηλεσκόπιο.
Και μας κοίταζε. Τον καθένα μας. Παρατηρούσε τον
καθένα μας. Και μας χαιρετούσε. Ήταν ένα παιδί. Ένα
παιδί κατά βάθος. Που δεν ήθελε να παραβλέψει κα-
νέναν. Που είχε αρκετό χώρο στον εαυτό του για όλα
όσα δεν ήξερε. Που βρήκε χώρο μέσα του για τον κα-
θέναν από μας.
Και ταυτίστηκε με μας.
Με τον καθέναν από εμάς.
Και χαιρετούσε.
Και είδα τον εαυτό μου. Μέσα από το βλέμμα του.
Και είδα επίσης τους άλλους στην παραλία.
Τον καθένα ξεχωριστά.
Τον κάθε ένα ως μοναδικό.

63. Η ζωή είναι παντού

Νωρίς το πρωί, οι πολυπόθητες ξαπλώστρες στην πρώτη σειρά προσφέρονται δωρεάν. Μερικές φορές θέλω να ξαπλώσω στην άμμο. Να νιώσω το έδαφος κάτω από μένα. Η σύνδεση με τις σκοτεινές δυνάμεις της γης. Μερικές φορές προτιμώ την ξαπλώστρα. Σαν να ήταν δυνατό να επιπλέω έτσι πάνω στη γη. Να συνδεθώ με τα σύννεφα στον ουρανό.

Σήμερα επιλέγω μια ξαπλώστρα. Μια Αγγλίδα διεκδικεί τις δύο διπλανές θέσεις στην πρώτη σειρά με τις πετσέτες. Χαμογελάει, ικανοποιημένη. Γνέφει στο σύζυγό της. Γιώργο, τσιρίζει, Έλα εδώ, αγάπη μου! Αλλά ο Γιώργος είχε ήδη βρει δύο δωρεάν ξαπλώστρες στη δεύτερη σειρά. Δείχνει τις θέσεις και της κάνει σήμα. Η γυναίκα συνεχίζει να επιμένει στην επιλογή της. Και το ίδιο κάνει κι αυτός. Απίστευτο. Απίστευτο! Πάντα τα ίδια, γκρινιάζει η γυναίκα. Μαζεύει τα πράγματά της. Μετά φεύγει σιγά σιγά. Σέρνοντας τα πόδια της. Η πλάτη της ελαφρώς καμπουριασμένη. Στη δεύτερη σειρά.

Και οι δύο είναι υπέρβαροι. Η δυσαρέσκεια και η δυστυχία τους έχουν συσσωρευτεί στο σώμα τους. Η γυναίκα ήταν κάποτε κομψή και όμορφη. Μπορεί κανείς να το διακρίνει ακόμα πάνω της. Τώρα το σώμα της είναι άμορφο.

Ο Γιώργος είναι ψηλός. Με λεπτά πόδια. Ένα σαρκώδες πρόσωπο. Η κοιλιά του είναι εντυπωσιακή. Ο Γιώργος θα μπορούσε να χωρέσει ολόκληρο το σώμα του μέσα στην κοιλιά του.
Ελπίζω να μην τον λένε Γεώργιο Καρέλια. Και να υπογράφει με τη χρυσή σφραγίδα του. Και να καταστρέψει τα όνειρά μου για ελευθερία, κομψότητα και ευτυχία.

Σύντομα η Αγγλίδα μπαίνει μέχρι το στήθος της στο νερό. Αφουγκράζεται τα κύματα.
Καλυμμένη από θλίψη. Θλίψη και νοσταλγία.
Κολυμπώ δίπλα της. Παίρνω τη θλίψη της. Και τη μεταφέρω στη θάλασσα.
Μακριά.

Έξω, ένα νεότερο ζευγάρι διασχίζει το μονοπάτι μου.
Αυτή, με μια ίσια Ελληνική μύτη. Σκούρα μαλλιά συσσωρεύονται ψηλά.
Αυτός, ξανθός. Μπλε, ομιχλώδη μάτια. Ένα στρογγυλό πρόσωπο. Στρουμπουλά μάγουλα. Οι ώμοι που βγαίνουν έξω από το νερό προδίδουν ένα σώμα που έχει ξεφύγει από την ισορροπία του. Μια εύσωμη, παραγεμισμένη στρογγυλή μορφή. Πιθανώς κάποια απογοήτευση να τον έθρεψε με μπύρα, μπριζόλες και χοιρινά γλυκάδια.

Η γυναίκα λέει: Ναι, μόλις το σκεφτόμουν. Το λέει με φωνή μικρού κοριτσιού. Που θέλει να φαίνεται ακίνδυνο. Παιδικό και ονειρικό.
Α, σκεφτόμουν τις εικόνες που βλέπω τώρα στο μυαλό μου. Χαριτωμένες, μικρές,

συγκινητικές, λαμπερές εικόνες.

Ο άντρας κολυμπά δίπλα της και φαίνεται σαν να είναι απών. Εκείνη συνεχίζει να κελαηδάει. Ξέρεις, απέκτησα αυτή την χαριτωμένη υπογραφή, αυτό το "Μ." Και μόλις τώρα συνειδητοποιώ ότι όλα όσα είναι σημαντικά για μένα ξεκινούν με το "Μ." Meditation. Mandala. Motion. Μιχαήλ.

Και Maja! προσθέτει αυτός απροσδόκητα. Με βιενέζικη προφορά.

Μετά έχουν εξαφανιστεί.

Ντρέπομαι για τον εαυτό μου, επειδή κρίνω. Ντρέπομαι για τις προκαταλήψεις μου. Παρ' όλα αυτά, θέλω να μάθω πώς τελειώνει αυτή η ιστορία.

Πίσω στην παραλία, βλέπω την Αγγλίδα ξανά. Τώρα παίρνει ένα κρύο ποτό από το γεμάτο δίσκο του γκαρσονιού της παραλίας.

Πηγαινοέρχεται ανάμεσα στη θάλασσα και την ξαπλώστρα. Ανάμεσα στο τροχόσπιτο με τις προσφορές στη θάλασσα και μια υπερμεγέθη τσάντα για την παραλία γεμάτη σνακ πάνω στην ξαπλώστρα.

Μέχρι το μεσημέρι η τσάντα έχει αδειάσει. Και το ζευγάρι των Άγγλων έχει περάσει στον εξώστη του εστιατορίου «Το Στέκι».

64. Και αυτό είναι ζωή

Μια οικογένεια Άγγλων με δύο παιδικά στρατόπεδα κοντά στο νερό. Έφεραν μικρές, πτυσσόμενες καρέκλες και μια σκηνή. Μηδενική προθυμία να ξοδέψουν χρήματα για ξαπλώστρες και ομπρέλες κάθε μέρα. Η κόρη είναι στην ηλικία που ξεφυτρώνουν τα στήθη. Ο γιος είναι προνήπιο. Ίσως τριών ετών. Κατά λάθος. Απροσδόκητη ευτυχία. Ή επιμονή. Εν τέλει, κι ο μπαμπάς ήθελε και ένα γιο!

Η μητέρα των δύο παιδιών είναι εξαντλημένη. Παρ' όλο που μια νεαρή γιαγιά ανήκει επίσης στην οικογένεια. Ή ίσως ακριβώς εξαιτίας αυτού.
Μια νεαρή γιαγιά με τη θωριά μιας ντίβας και μια οργανική τσάντα για ψώνια από λινάτσα περασμένη στον ώμο της.

Το μικρό αγόρι είναι πειραχτήρι. Ενοχλεί την αδελφή του. Η αδελφή περιμένει την κατάλληλη στιγμή. Όταν κανείς δεν τους κοιτάζει, του δίνει ένα χαστούκι.
Η μητέρα είναι μια χύτρα ταχύτητας έτοιμη να εκραγεί. Η γιαγιά έχει εσωτερικεύσει όλα τα μάντρα στον κόσμο. Είναι προσωποποιημένη ηρεμία. Αλλά σύντομα εξαφανίζεται.
Ο γεμάτος με τατουάζ πατέρας τα έχει σαστίσει. Γυρίζει προς τα πίσω και εξαφανίζεται στα κύματα.
Η κόρη βάζει τα γυαλιά ηλίου της. Βουλώνει τ' αυτιά της με τα ακουστικά του iPod.
Η μητέρα παραμένει σε συνεχή λειτουργία. Μόνη.

Μετά από λίγο, η γιαγιά εμφανίζεται με ένα παγωτό. Και εξαφανίζεται και πάλι στη στιγμή. Κατά το μεσημέρι, ο πατέρας με τα τατουάζ βγαίνει από το νερό και πετάει το δίσκο. Η μητέρα μένει με τα παιδιά, μόνη.

Κάποια στιγμή πεινάνε. Όχι όλοι τους. Ο κατεργάρης με τα μπρατσάκια δεν λέει να βγει έξω από το νερό. Η στρεσσαρισμένη μητέρα μπήγει τις φωνές στα παιδιά. Η γιαγιά εμφανίζεται, δειλή. Θέλει να είναι χρήσιμη. Αλλά μοιάζει σαν παράλυτη. Η μητέρα δίνει στην έφηβη κόρη ένα ζευγάρι ροζ εσώρουχα. Σαν εκστασιασμένη, η κόρη δίνει στη μητέρα της το βρεγμένο μαγιώ. Η μητέρα στέκεται εκεί με τα χέρια γεμάτα. Η κόρη παραμένει παθητική. Η γιαγιά φωνάζει στο μικρό αγόρι να βγει στην ακτή. Του το ζητάει. Τον απειλεί. Μετά μπαίνει μέσα στο νερό κοντά του. Παίζει μαζί του για λίγο. Τελικά τον πιάνει και τον φέρνει στη σκηνή. Ο μικρός στριγγλίζει τινάζοντας το κεφάλι του μακριά. Ξεφεύγει και ξαναμπαίνει στο νερό. Η σκηνή επαναλαμβάνεται μερικές φορές. Μέχρι που η μητέρα μαζεύει δύο βαριά φορτωμένα σακκίδια και μια τσάντα. Και φεύγει, ενοχλημένη.

Το κορίτσι δεν ταράζεται. Η γιαγιά δοκιμάζει ξανά την τύχη της. Ο μικρός τής ξεφεύγει ξανά και ξανά. Στη συνέχεια η μητέρα επιστρέφει με τις τρεις βαριές αποσκευές. Τις αφήνει κάτω. Μπαίνει στο νερό. Αρπά-

ζει τον μικρό ταραξία. Τον σέρνει πίσω της.
Η γιαγιά και η εγγονή παραμένουν στην παραλία. Στο
τέλος, μαζεύουν και τα υπόλοιπα.

Το φόρεμα της γιαγιάς είναι ανασηκωμένο πίσω της.
Μέχρι τους μηρούς της. Η εγγονή την κοιτάζει σαστισμένη. Έλα και βοήθα
με, λέει η γιαγιά. Με το αναψυκτικό στο ένα χέρι, η
εγγονή προσπαθεί να βοηθήσει τη γιαγιά με το άλλο
της χέρι.
Στη συνέχεια, η γιαγιά βάζει στον ώμο της την τσάντα από λινάτσα με το σήμα Κοινοπραξία «Σύνεση με
το Χρήμα» και φεύγουν. Ο πατέρας δεν έχει αναδυθεί
ακόμα.

Στο Στέκι σύντομα βλέπω την οικογένεια σε ένα τραπέζι. Όλοι τους είναι εκεί. Ο παππούς ολοκληρώνει
τον κύκλο. Ο παππούς με την κόκκινη μύτη και τον
αγκώνα του στον γύψο. Το αγοράκι κοιμάται στην
αγκαλιά της μητέρας του.
Δίπλα στο καροτσάκι, το καταφορτωμένο. Με πετσέτες. Παιχνίδια. Και τόσα άλλα πράγματα. Θα μπορούσε να γεμίσει ολόκληρο καθιστικό.
Το μικρό αγόρι φορά ακόμα τα μπρατσάκια του.

65. Ώρα για τη βιβλιοφάγο

Παρακολουθώ την Ειρήνη εδώ και μέρες. Κάθεται σε μια ξαπλώστρα. Ακριβώς δίπλα στη θάλασσα. Και χωρίς ομπρέλα. Κάθεται σταυροπόδι, απορροφημένη από ένα βιβλίο. Πάντα ένα διαφορετικό βιβλίο. Η Ειρήνη διαβάζει τουλάχιστον ένα βιβλίο κάθε μέρα. Η δίψα της για διάβασμα είναι μεγαλύτερη από τη δίψα της για τη θάλασσα. Μόνο σπάνια κάνει κανένα διάλειμμα από το διάβασμα για να πάει για λίγο κολύμπι.

Η Ειρήνη κατάγεται από τη Σκωτία και ζει στη Νήσο Wight. Η Ειρήνη έχει δουλειά. Και έναν γιο, τον οποίο μεγαλώνει μόνη της. Είναι σε μια λέσχη, για την οποία εργάζεται εθελοντικά. Έχει χρόνο για διάβασμα μόνο κατά τις καλοκαιρινές της διακοπές. Στην Ελλάδα. Για τα τελευταία τριάντα χρόνια.
Η Ειρήνη είναι βοτανολόγος. Στο Βοτανικό Κήπο της Νήσου Wight.
Όχι για πολύ. Θα παραιτηθεί. Αμερικανοί αγόρασαν το ίδρυμα. Ενδιαφέρονταν μόνο για την καφετέρια. Για το κέρδος. Τα φυτά σημαίνουν φερμουάρ για αυτούς.

Είμαι σε ένα σταυροδρόμι, λέει η Ειρήνη.
Ποια κατεύθυνση πρέπει να πάρω;
Μεταναστεύω.
Πίσω στη μητέρα μου στη Σκωτία.
Μετακίνηση στο Μπράιτον.

Τι με περιμένει;
Μια νέα ζωή. Ανασφάλεια.
Ίσως τελικά να έχω χρόνο για διάβασμα για κάποιο διάστημα!

66. Μικρ(ότατ)ες ιστορίες στη θάλασσα

I
Ένα ηλικιωμένο ζευγάρι περπατάει στην αποβάθρα.
Μοιάζουν σαν αδέλφια. Βέρες γάμου. Έξυπνα ρούχα.
Αθέατα. Μέχρι που το βλέμμα μου πέφτει πάνω στον
καρπό του άνδρα. Πάνω σε μια λαμπερή ασημένια
βέρα.

II
Ο Frank-Walter Steinmeier κάθεται σε ένα παγκάκι
κοντά μου. Θέλω να του μιλήσω.
Ακριβώς πάνω στην ώρα, παρατηρώ τη μίξη.
Πολλών ανθρώπων τα πρόσωπα φαίνονται όμοια.
Οι αύρες τους, ωστόσο, είναι αλάνθαστες.

III
Ένας πατέρας κρατά τη μικρή κόρη του στην αγκα-
λιά του και μιλάει ασταμάτητα στο τηλέφωνο. Η κόρη
περιμένει. Περιμένει. Ξεφεύγει από την αγκαλιά του.
Συλλέγει κοχύλια.
Γεμάτη προσμονή, επιστρέφει.
Ο πατέρας συνεχίζει να μιλάει στο τηλέφωνο.
Ξανά και ξανά.
Και ξανά.

IV
Μια μητέρα διδάσκει το παιδί της πώς να κολυμπά-
ει. Το παιδί γελά. Τα μάτια της μητέρας λάμπουν. Με
επιτυχία σηκώνει το παιδί ψηλά. Το φιλάει εγκάρδια.

Σαν να δάγκωνε ένα μήλο.
Ξανά και ξανά σηκώνει το παιδί ψηλά. Ξανά και ξανά
το φιλάει.
Μετά το αφήνει να κολυμπήσει και πάλι.

67. Διακοπές επιτέλους

Ίσως μετά από πολλά χρόνια. Διακοπές επιτέλους. Μια Ελληνίδα μητέρα αγκαλιάζει με το βλέμμα της την απεραντοσύνη της θάλασσας. Σαν να έπρεπε να περιμένει πάρα πολύ γι' αυτή τη συνάντηση. Με το μαγεμένο της βλέμμα στραμμένο στο νερό, καλεί τα δύο μικρά της. Αρχίζει να κολυμπάει. Τα παιδιά τρέχουν βιαστικά πίσω από τη μητέρα τους. Το ένα μετά το άλλο. Η μητέρα στρέφει το κεφάλι της και κοιτάζει τα παιδιά. Στη συνέχεια, ξανά μπροστά. Γεμάτη περηφάνεια, εισάγει τους κολυμβητές νεοσσούς της στον κόσμο με κάτι σωσίβια που μοιάζουν με πανιά. Και οι τρεις τους γελάνε με τη θάλασσα.

Το Σαββατοκύριακο είναι και ο πατέρας εκεί. Και οι τέσσερίς τους κολυμπούν βαθιά στη θάλασσα. Και οι τέσσερίς τους γελάνε με τον κόσμο. Γελάνε με τον κόσμο.

68. Τατουάζ-Τατάα!

Ομοιότητα: στο ανάστημα. Από τα τατουάζ μέχρι και τις αποχρώσεις της χρωστικής του δέρματός τους. Δύο αδέλφια κάνουν ηλιοθεραπεία στην παραλία. Με δύο παιδιά της ίδιας περίπου ηλικίας. Μεταξύ αυτών, δύο ξαπλώστρες. Και πάνω στις ξαπλώστρες, πολλά βιβλία.

Ο αδελφός στα αριστερά μου αυτή τη στιγμή τυλίγει την κόρη του σε μια πετσέτα. Μετά την παίρνει στην αγκαλιά του. Την φιλάει. Την νανουρίζει.

Μετά από λίγο, και ο αδελφός στα δεξιά παίρνει τον γιο του. Τον φιλάει. Τα παιδιά αγκαλιάζουν τους πατεράδες τους. Οι πατεράδες χαμογελούν.

Οι πατεράδες παίζουν πούλια. Τα παιδιά παρακολουθούν. Κάνουν ερωτήσεις.

Διακόπτουν το παιχνίδι ξανά και ξανά. Μέχρις ότου οι πατεράδες βγάλουν τις κάρτες μνήμης.

Μετά, και οι μητέρες είναι εκεί. Δύο χαριτωμένες γυναίκες. Λεπτές. Ψηλές.

Τατουάζ με στίχους κοσμούν τα κορμιά τους. Στο καθένα από αυτά, από την κλείδα πάνω στον ώμο, μέχρι κάτω στον βραχίονα. Ο άλλος στίχος μέχρι τους γοφούς τους. Οι ξαπλώστρες τους είναι γεμάτες με βιβλία.

Με τόμους ποίησης; Θα ήθελα πραγματικά να μάθω.

69. Μεθυσμένοι απ' τον ήλιο,
και περιπλανησιολαγνεία

Βραδιά μετά τη βραδιά, ο Μίμης κάθεται στη βεράντα του και εισπνέει το ηλιοβασίλεμα.
Μερικές φορές του κάνω παρέα, και ατενίζουμε σιωπηλοί τη θάλασσα.
Παρακολουθούμε τις παιχνιδιάρικες φλόγες του ήλιου και τις αντανακλάσεις τους στο πρόσωπο του νερού.
Μαγεμένοι, ατενίζουμε τον αστραφτερό δακτύλιο. Πώς σέρνεται τόσο σιγά-σιγά μέσα στα σύννεφα. Πώς χάνεται πίσω από τα βουνά. Κάποτε ξεφεύγει από τα θαμπωμένα μάτια μας τόσο γρήγορα. Αναρριχάται πίσω από τα σύννεφα.

Μερικές φορές κάθομαι σιωπηλή με τον Μίμη επί ώρες, επίτηδες. Μερικές φορές μιλάμε ασταμάτητα. Ο Μίμης έχει πάμπολλες ιστορίες να σου διηγηθεί. Ακόμη κι όταν είναι σιωπηλός. Πριν φύγω, ο Μίμης θέλει να μου δείξει όλη τη γύρω περιοχή.
Όχι μόνο τη Μάνη. Στην ιδανική περίπτωση, ολόκληρη την Πελοπόννησο.
Όλη την Ελλάδα.

Του Μίμη του αρέσει να οδηγεί.
Κι εγώ είμαι μια παθιασμένη συνοδηγός.
Οδηγούμε κατά μήκος της θάλασσας. Για ώρες.
Οδηγούμε περνώντας από συστάδες από πικροδάφνες.
Από γιγαντιαίους ελαιώνες.

Από ευκάλυπτους και φοίνικες. Αρμυρίκια και μιμό-
ζες. Κυπαρίσσια και κέδρους. Καναπίτσες και άγρια
ρίγανη που αναδίδει τη μυρωδιά της στη ζέστη του
καλοκαιριού. Θάμνοι και γυμνοί βράχοι.
Αφήνουμε τα χωριά στο πέρασμά μας. Οδηγούμε όλο
και πιο μακριά. Και όλο και πιο ψηλά. Οδηγούμε σε
παλιούς επαρχιακούς δρόμους με ξεχαρβαλωμένα
μπάζα και απομεινάρια πεσμένων βράχων. Οδηγού-
με σε μοναχικά μονοπάτια. Σε παραμορφωμένους και
στενούς ορεινούς δρόμους.
Και εγώ ανασαίνω με ανακούφιση όταν φτάνουμε
στον κεντρικό δρόμο και πάλι.
Μένουμε σιωπηλοί μαζί. Σε σιωπηλή συνομιλία. Σε
επικοινωνία με το τοπίο. Μερικές φορές μιλάμε κιό-
λας.

Πίνουμε το κελαρυστό νερό, λείο σαν βελούδο, από
τις πηγές του βουνού. Σταματάμε για να ξεκουρα-
στούμε σε μικρά μαγευτικά πανδοχεία. Κάνουμε στά-
ση σε απόμερα χωριουδάκια προσκολλημένα στο
βουνό σαν εξώστες. Τολμούμε ακόμη και ν' ανηφο-
ρίσουμε στα ψηλά βουνά του Ταΰγετου. Ατενίζουμε
πότε ψηλά, προς την κορυφή του Προφήτη Ηλία, και
πότε προς τα κάτω στις ρεματιές. Σε κάποιο σημείο
φτάνουμε στη Μονεμβασιά. Όπου το πόσιμο νερό
ήταν ιδιαίτερα πολύτιμο όχι και πολύ καιρό πριν. Δε-
δομένου ότι η πόλη δεν διέθετε δικό της. Και το νερό
έπρεπε να μεταφερθεί από μακριά. Τη Μονεμβασιά.
Όπου ένα ποτήρι νερό ήταν το πιο ακριβό πράγμα.
Ποτέ δεν προσφερόταν στον ταξιδιώτη δωρεάν.

Η Μονεμβασιά. Αυτή η μικροσκοπική χερσόνησος, όπου ο Γιάννης Ρίτσος είδε το φως του κόσμου. Κι όπου για πρώτη φορά ατένισε την απέραντη θάλασσα. Γαλάζια και απέραντη. Η θάλασσα. Σαν μια παντοδύναμη μητέρα. Που θηλάζει τα παιδιά της από το στήθος της. Μέχρι να τα καταπιεί μια μέρα. Ο Ρίτσος είδε το φως της ζωής. Αντικρίζοντας το μπλε της θάλασσας. Το σπίτι του εξακολουθεί να βρίσκεται στο λόφο. Και ο Γιάννης στέκεται μπροστά του στον καυτό ήλιο. Στις καταιγίδες και τις αστραπές. Στέκεται μέρα και νύχτα. Απολιθωμένος. Μεθυσμένος από τα κύματα. Μεθυσμένος από τα χρώματα. Ο Ρίτσος ατενίζει τη θάλασσα για πάντα. Ο Ρίτσος ατενίζει την αιώνια μητέρα.

70. Το καλοκαίρι αργοπεθαίνει κάθε μέρα

I
Ταξίδευα για λίγες μέρες.
Άφησα τις κληματαριές μόνες τους στη βεράντα.
Πρόδωσα τα σταφύλια.

Δεν τα προστάτευα πλέον τα σταφύλια. Με την παρουσία μου.
Τώρα οι σφήκες τα κατέλαβαν. Οι μεγάλες σφήκες, με τα κόκκινα σώματα και τα στενά, κοντά φτερά.
Ακόμη και οι μέτριες, μικρές σφήκες.
Και οι μεγαλύτερες, με τις μαυροκίτρινες ρίγες.

Πρόδωσα τα σταφύλια. Και τα παρέδωσα στις σφήκες. Ίσως μπορώ να περιορίσω τις ζημιές. Να σώσω ακόμα κάτι. Να απελευθερώσω τα τσαμπιά με τα σταφύλια. Να διώξω τις σφήκες μακριά. Ή τουλάχιστον να αποσπάσω την προσοχή τους.

Έβαλα ένα πιάτο από ρόδινα σταφύλια στο τραπέζι.
Και οι σφήκες τα τσιμπάνε.
Προς το παρόν, τα σταφύλια σώζονται.
Έχω ποτέ πάρει άδεια να φύγω από τη βεράντα;
Επιτρέπεται από τώρα και στο εξής να φύγω από τη βεράντα;
Επιτρέπεται να αφήσω ποτέ τα σταφύλια χωρίς παρακολούθηση;
Μέχρι να εκπληρώσουν το πεπρωμένο τους;
Και ποιο είναι το πεπρωμένο τους;
Και ποιος έχει το δικαίωμα να τα απολαύσει.

Ποιος έχει τα δικαιώματα της απόλαυσης των σταφυλιών;

II

Η πεινασμένη γάτα έχει εμφανιστεί. Νιαουρίζοντας επιπληκτικά.
Της έλειψα;
Όχι. Το φαγητό.
Φοβάται με τον παραμικρό ήχο. Με την παραμικρή κίνηση. Τρέχει μακριά.
Κινούμαι αργά. Σιωπηλά.
Μιλάω ήσυχα. Της μιλάω.
Ξέρει τον ήχο μου. Καταλαβαίνει τις προθέσεις μου.
Πρώτα, σταματάει. Μετά ακολουθεί.
Σήμερα είναι Κυριακή. Ακόμα και γι' αυτήν. Της έφερα φαγητό. Έβγαλα μία καλή μερίδα. Και σύντομα έρχεται σε μένα στη βεράντα. Τρίβεται στο τραπέζι και στις καρέκλες. Κοντά και ωστόσο αρκετά μακριά από μένα. Το σώμα της είναι μακρύ και εξαιρετικά λεπτό. Τρώει τα πάντα. Γρήγορα και έντονα.
Το σώμα της είναι μακρύ και εξαιρετικά λεπτό. Μόνο στην περιοχή του στομάχου υπάρχει τώρα ένας εμφανής όγκος.
Γυαλίζει το πιάτο. Μέχρι να λάμψει. Στη συνέχεια βγαίνει από τη βεράντα.
Δίνει έναν σάλτο στον φράχτη του κήπου του Παναγιώτη.
Πηγαίνει στα παιδιά της.

71. Ο Ήλιος γέρνει

Ο Μίμης λέει: Αυτός δεν είναι ο Ήλιος που βλέπεις.
Είναι η προσομοίωσή του. Ο ίδιος ο Ήλιος είναι αόρα-
τος. Είναι πίσω από τα σύννεφα. Στην ομίχλη.
Βλέπεις μόνο την αντανάκλασή του.
Και τη βλέπω διαφορετικά.
Επίσης μόνο προσομοιώσεις;

72. Αποχαιρετισμός
στην όμορφη Κλυταιμνήστρα

Είναι ήσυχα. Κι όμως τόσο εκκωφαντικά.
Στο χωριό. Στη βεράντα μου. Στον κήπο.
Και στο χορτάρι και στα δέντρα των κοντινών ελαι-
ώνων.
Κάποιος εργάζεται. Κάπου στον κήπο του γείτονα.
Δεν τον ακούω. Βλέπω κίνηση
στα κλαδιά ενός δέντρου. Παρ' όλο που δεν φυσάει
άνεμος.
Είναι ήρεμα. Είναι ήσυχα. Και όμως τόσο δυνατά.
Πάνω απ' το κεφάλι μου κρέμονται τα σταφύλια. Βα-
ριά με το μελλοντικό κρασί.
Οι καρποί είναι ώριμοι. Σαρκώδεις.
Και γλυκός σαν μέλι ο χυμός των κίτρινων παρθενι-
κών σταφυλιών. Κάτω από το
δέρμα τους ακούω το μουρμούρισμα των χυμών.
Αισθάνομαι τις σφιχτές μεμβράνες, που φαίνονται πιο
διαφανείς την ημέρα.
Πιο διαπερατές για το μεθυστικό άρωμα.
Το άρωμα εισχωρεί όλο και πιο μαγευτικά στα όνειρά
μας.
Με την απεριόριστη υπόσχεση της ευτυχίας.

Τα σταφύλια της κληματαριάς λουφάζουν στον ήλιο
το πρωί.
Βράζουν στο ζουμί τους το μεσημέρι.
Περιτριγυρισμένα από σφήκες και μέλισσες.
Και το βράδυ, ονειρικά και πληθωρικά, κρέμονται, γε-

μάτα αφοσίωση.
Καθήκον.
Ή απόλυτη εξάντληση.

Είναι ήσυχα. Και όμως τόσο δυνατά. Στο χωριό. Στη βεράντα μου. Στον κήπο.
Και στο χορτάρι και στα δέντρα των κοντινών ελαιώνων.

Η Κλυταιμνήστρα είναι ξαπλωμένη στη βεράντα.
Κανείς δεν ήταν εδώ εκτός από εμένα.
Το βράδυ, είχε κατασπαράξει ακόμα ένα τσαμπί σταφύλια. Και λαίμαργα
στράγγιξε ένα κομμάτι καρπούζι κατακόκκινο σαν αίμα.
Και μετά καθάρισε προσεκτικά την υπόλοιπη φέτα με τα μπροστινά πόδια της.

Δεν έχω ακούσει ούτε ένα τρίξιμο.
Ποιος ήταν στη βεράντα μου σήμερα.
Δεν την έλιωσα, έτσι δεν είναι;
Η όμορφη Κλυταιμνήστρα βρίσκεται στο γκρίζο δάπεδο της βεράντας.
Είναι ξαπλωμένη εκεί σαν σε όχθη ενός καναλιού.
Με το ωραίο μετάξινο φόρεμά της. Διαφανές και πράσινο.
Είναι η Οφηλία. Με λουλούδια στα μαλλιά της. Ωχρή στο πρόσωπο.

Χαλαρή. Τεντωμένη. Μόνο τα σαλταδόρικα πόδια λυγισμένα.

Έτσι κείτεται η Κλυταιμνήστρα στο γκρίζο δάπεδο. Η ομορφιά της είναι απόλυτη. Το πρόσωπό της με μια υποψία χαμόγελου. Τα μάτια της ατενίζουν μακριά. Βυθισμένα στο πιο γλυκό όνειρο της αιωνιότητας.

Η Κλυταιμνήστρα. Έχει υποκύψει στο θάνατο. Για μια στιγμή η ομορφιά της είναι πλήρης. Έχει υποκύψει σε έναν ξένο πρίγκιπα με πολύχρωμη μεταμφίεση. Σκύβει πάνω της. Ένας πρίγκιπας με καταστροφικές σιαγόνες. Αφήνει τις κεραίες του να γλιστρήσουν πάνω στο τεντωμένο σώμα της. Την περιβάλλει με τα τέσσερα μπροστινά του πόδια. Την αφήνει να βγάλει την τελευταία της πνοή. Μυρίζει το φόρεμά της. Το σώμα της. Ανοίγει το οδοντωτό σαγόνι του. Και χαϊδεύει το σώμα της με πλήρη αφοσίωση. Σκοντάφτει στο φόρεμά της. Τραγανίζει τους ιστούς της. Την πετσοκόβει. Τρώει το στήθος της. Και κάθε σάρκα κομμάτι. Τα πάντα ζουμερά. Την χτυπά και ρουφά κάθε κοκκαλάκι με σάρκα. Κάθε χυμό της. Ρουφά τα τελευταία ίχνη της ζωής της.

Ο πρίγκιπας, με την πολύχρωμη στολή του και με τα σαγόνια του, μετακινείται.

Σε ένα σκιερό μέρος.

73. Ψάχνω τα ίχνη του καλοκαιριού

Ο Ντάνιελ λέει: Το εσωτερικό ρολόι έχει διαταραχτεί. Για ανθρώπους και ζώα. Ο ρυθμός της φύσης διαταράσσεται. Οι εποχές στη Μάνη έχουν μετατοπιστεί. Τα έντομα, τα φυτά, τα δέντρα, οι άνθρωποι, κανένας τους δεν ξέρει τους ρόλους τους πια.

Μια μεγάλη, καφετιά πεταλούδα δοκιμάζει τα σταφύλια στη βεράντα. Είναι μία από τις μεγαλύτερες πεταλούδες στην Ευρώπη. Και αυτήν την εποχή του χρόνου, είναι ασυνήθιστο να τη βλέπει κανείς ακόμα εδώ.

Τα τζιτζίκια έχουν εξαφανιστεί. Στη θέση τους τα τριζόνια τραγουδούν. Σπάνια να δει κανείς καμιά ακρίδα. Μόνο εδώ και εκεί καμιά χαμένη θηλυκιά ακρίδα. Με το αγκαθωτό πόδι της.
Και οι πασχαλίτσες έχουν φύγει.
Σφήκες και άλλα νέα έντομα εμφανίζονται στη σκηνή. Αλλά κανένα από αυτά δεν έχει το χάρισμα να με κάνει φίλη τους. Να μου μιλήσει. Σαν τις ακρίδες μου.

Η ομίχλη κάνει βουτιές από τον ουρανό. Άχνα υψώνεται από τη θάλασσα.
Συναντιούνται στον ορίζοντα και διαλύονται. Εξαφανίζουν τα σύνορα. Φιλτραρισμένο μέσα από την ομίχλη, το φως του ηλίου ξεχύνεται στην επιφάνεια της θάλασσας. Θρυμματίζεται στον καθρέφτη της θάλασσας σε χιλιάδες μυριάδες κομμάτια. Λικνίζονται εδώ και εκεί από τον άνεμο, παίζουν με τον ήλιο. Δεί-

τε το σε χιλιάδες εικόνες. Χιλιάδες μυριάδες εικόνες από τον λαμπρό Ήλιο. Ασημένια φύλλα καλύπτουν τη θάλασσα.

Μερικές φορές, από τη θέα στη βεράντα, το απέναντι βουνό φαίνεται σαν ένα τέρας που βγαίνει από τη θάλασσα. Η πλάτη του γεμάτη κορυφές και ένα πτερύγιο. Ένα τέρας τόσο θεόρατο όσο και η θάλασσα.

74. Ένα τελευταίο κερασάκι για τον Ορέστη

Ο Ορέστης δεν είναι καλά. Τα λαμπερά του χρώματα έχουν ξεθωριάσει. Το έντονο πρασινωπό χρώμα του έγινε ωχρό. Φαίνεται εξαντλημένος. Τον βλέπω στη βεράντα. Σέρνει το πόδι του. Τραβιέται μόνος του. Ένας γέρος που τρικλίζει. Ένα ράκος. Ίσως νά 'ναι άρρωστος. Ως συνέπεια των πληγών του από τη μάχη. Ή ίσως απλώς να υποφέρει λόγω γηρατειών;

Του δίνω μισό κερασάκι και ένα σταφύλι να τον δυναμώσω. Παίρνει το σταφύλι. Το ρουφά και το καταπίνει με βουλιμία τσιμπώντας το με ηδονή. Τον κοιτάζω για πολλή ώρα. Μόλις παραφάει, σκαρφαλώνει πάνω στην πόρτα της κουζίνας, αναζωογονημένος προς στιγμήν.

Ο Ορέστης κι εγώ είμαστε φίλοι εδώ και πολύ καιρό. Ξέρω ότι ο Ορέστης καταλαβαίνει τα πάντα. Μολαταύτα, μερικές φορές είναι αγύριστο κεφάλι. Σαν τους Μανιάτες. Ένας ηρωικός ακριδο-Μανιάτης.

Γνωρίζω τον Ορέστη για κάμποσο καιρό ήδη. Δεν είναι καθόλου καλά. Γίνεται όλο και ωχρότερος. Παρ' όλο που τον ταΐζω κάθε μέρα, το σάβανο του αδήριτου θανάτου καλύπτει το σώμα του. Να μετεμψυχώνονται άραγε οι ακρίδες; Δεν νομίζω. Απλώς πεθαίνουν.

75. θάνατος του καλοκαιριού

Η πορτοκαλιά έχει παραδώσει όλους τους ώριμους καρπούς της στη γη. Μερικοί έχουν ξεραθεί. Άλλοι είναι ήδη μαύροι. Ή ακόμη και σάπιοι. Η πορτοκαλιά έχει παραδώσει κάθε έναν από τους ώριμους καρπούς της. Ώστε να ξαναδώσει ζωή στα πρασινωπά ακόμη και σκληρά μικρά πορτοκάλια. Η πορτοκαλιά έχει παραδώσει τους παραγινωμένους καρπούς της στη γη. Και το επόμενο καλοκαίρι η γη θα τους επιστρέψει αυτούς τους καρπούς στην πορτοκαλιά.
Το γνωρίζω.
Το γνωρίζω. Ωστόσο νιώθω το σύννεφο της αγωνίας να έχει φωλιάσει στην καρδιά μου. Κλώθωντας το κουκού λι του γύρω απ την καρδιά μου. Απειλώντας να την πνίξει. Νιώθω αγωνία για τον θάνατο του καλοκαιριού. Μόνο για μια στιγμή.
Μπορώ να νιώσω τους χτύπους της καρδιάς μου, φτερουγίζοντας σαν του Ήλιου τον καθημερινό θάνατο.
Το γνωρίζω.
Δεν υπάρχει αρχή. Ούτε τέλος.
Το γνωρίζω. Τίποτε δεν χάνεται. Τίποτε δεν πεθαίνει.
Το κάθε τι μόνο μεταμορφώνεται.
Το γνωρίζω.
Και το ξεχνάω, ξανά και ξανά.

ΤΕΛΟΣ

Θερμές ευχαριστίες στους φίλους μου και πρώτους επιμελητές μου, την Ingrid και τον Joachim Schmidt. Η υπομονή, η δημιουργικότητα και η ευαισθησία τους μού ήταν απαραίτητες.

Πολλές ευχαριστίες επίσης στους φίλους μου Barbie, Helgard και Hanna. Ακόμα κι αν φέτος το καλοκαίρι δεν ήταν κοντά μου, έχουν μια σημαντική θέση στην ζωή μου στην Ελλάδα. Αποτελούν μέρος της ζωής μου στην Ελλάδα.

Το βιβλίο αυτό αναδύθηκε μέσα από τις βεράντες του Πύργου και της Στούπας. Παρά τη φυσική απόσταση, η τελική επεξεργασία του κειμένου έλαβε χώρα ευκολότερα στη βεράντα των καφετεριών Einstein Unter den Linden και Kaffee, Brot, Kultur Quchnia στο Gendarmenmarkt στο Βερολίνο. Πολλές ευχαριστίες στους φιλικούς και ανεκτικούς σερβιτόρους εκεί.

ΣΗΜΕΙΩΜΑ ΤΗΣ ΒΑΣΙΛΙΚΗΣ ΡΑΠΤΗ, ΥΠΕΥΘΥΝΗΣ ΤΗΣ ΟΜΑΔΑΣ ΜΕΤΑΦΡΑΣΤΩΝ

Το *Leichter Wind in Paradies* της Carmen-Francesca Banciu προσφέρεται εδώ από τον PalmArt Press σε μια δίγλωσση μετάφραση, στα Αγγλικά (*Light Breeze in Paradise*) και στα Ελληνικά (*Ελαφρύ Αεράκι στον Παράδεισο*) από την ομάδα μεταφραστών-μελών του *Εντατικού Εργαστηρίου Μετάφρασης και Επιτέλεσης Ελληνικής Ποίησης* το οποίο ίδρυσε η Δρ. Βασιλική Ράπτη τον Ιανουάριο του 2014 στο Πανεπιστήμιο του Χάρβαρντ και που από τον Ιούλιο του 2016 το διεθύνει μόνη της.

Οι πρώτοι σπόροι αυτής της συλλογικής μεταφραστικής προσπάθειας σπάρθηκαν με την ευκαιρία της επίσκεψης της Carmen-Francesca Banciu στο Σεμινάριο *Ludics* του Κέντρου Ανθρωπιστικών Επιστημών Mahindra του Χάρβαρντ τον Σεπτέμβριο του 2016, ενώ τα πρώτα αποτελέσματά της παρουσιάστηκαν στη Διεθνή Έκθεση Βιβλίου Θεσσαλονίκης, την άνοιξη του 2016, από το Ινστιτούτο Goethe. Στη συνέχεια, ένα άλλο μέρος αυτής της δίγλωσσης μετάφρασης μαζί με ένα βίντεο που παρήχθη στο Χάρβαρντ, συμπεριλήφθηκε στο 12ο τεύχος του ηλεκτρονικού περιοδικού *Levure littéraire* [1]. Εκεί αναφερόταν:

"Στόχος αυτής της συνεργασίας είναι να παράσχει ταυτόχρονα δύο μεταφράσεις, μία στα Αγγλικά και μία στα Ελληνικά. Το *Εργαστήριο*

Μετάφρασης επέλεξε το έργο της Μπάντσιου για διάφορους λόγους. Πρώτα απ' όλα, επειδή αποτελούσε μια αληθινή πρόκληση για την ομάδα μας, καθώς η συγγραφέας είναι Ρουμάνα που ζει στο Βερολίνο και εργάζεται και εκφράζεται στα γερμανικά και θέλαμε να διερευνήσουμε την πτυχή της αποστολής της μετάφρασης τη στιγμή που έρχεται αντιμέτωπη με μία γλώσσα που ξεπερνά τα εθνικά σύνορα. Είναι σημαντικό το ότι η Κάρμεν-Φραντζέσκα Μπάντσιου δεν υιοθέτησε μόνο μία καινούργια γλώσσα, αλλά και το ότι τη χρησιμοποίησε με καινοτόμο τρόπο, δημιουργώντας νέες λέξεις και 'παίζοντας' με την υιοθετημένη γλώσσα της σε τέτοιο βαθμό που δημιούργησε νέες μεταφορές, αντανακλώντας την εμπειρία της αίσθησης της οικειότητας και στις δύο γλώσσες της. Δεύτερον, ήταν η ίδια η συλλογή με την σχεδόν ακατέργαστη υλική της γλώσσα και τον βαθύ φιλοσοφικό τόνο της αλλά και με την ενσωμάτωση σ'αυτή των εκπληκτικών φωτογραφιών από την ίδια τη συγγραφέα που μας καλούσε σε ένα τολμηρό εγχείρημα. Τέλος, οι μοναδικοί δεσμοί που έχει αναπτύξει η Κάρμεν-Φραντζέσκα Μπάντσιου με την Ελληνική γλώσσα και το ελληνικό τοπίο στο πέρασμα του χρόνου ήταν αρκετοί για να προκαλέσουν το ενδιαφέρον μας και να μας κάνουν να θεωρήσουμε σκόπιμο να συμπεριλάβουμε αυτό το βιβλίο στα πλαίσια του μεταφραστικύ εργαστηρίου μας που είναι αφιερωμένο στην Ελληνική ποίηση."[2]

Πράγματι, αυτό το έργο μάς αντάμειψε διπλά και τριπλά όλους εμάς τους συμμετέχοντες, καθώς μάς έφερε αντιμέτωπους με πολλές προκλήσεις σε πολλαπλά επίπεδα και είμαι ευγνώμων στα παρακάτω μέλη του *Εντατικού Εργαστηρίου Μετάφρασης και Επιτέλεσης Ελληνικής Ποίησης*, επειδή εργάστηκαν με αφοσίωση και επιμέλεια γι' αυτή τη διπλής κατευθύνσεως μετάφραση. Συγκεκριμένα, για την Αγγλική μετάφραση εργάστηκαν ο Πατ Σνίντβογκς, η Μόλλυ Ο Λάφλιν και η Κάθριν Νάισελυ, με τη βοήθεια της Τζούλιας Ντούμπνοφ, και του Πέτρου Βωττέα. Για την ελληνική μετάφραση ανέλαβα η ίδια το έργο της μετάφρασης με τη συνδρομή του Ανδρέα Τριανταφύλλου, του Βλαντιμίρ Μπόσκοβιτς και του Πέτρου Βωττέα, ενώ η συγγραφέας και η εκδότρια ήταν πάντα διαθέσιμες για τυχόν διευκρινίσεις σε διάφορα σημεία. Θέλουμε να πιστεύουμε ότι καταφέραμε να ενώσουμε τις αρχικά ξεχωριστές φωνές μας σε μια φωνή που απηχεί τη φωνή του Γερμανικού πρωτότυπου.

Σε αυτή τη δική μας μεταφραστική περιπέτεια, μπορέσαμε να απολαύσουμε τη μοναδικότητα του στυλ γραφής της Μπάντσιου, του φαινομενικά απλού λόγω της κοφτής και συστηματικά επαναλαμβανόμενης σύνταξης και της σχεδόν ακατέργαστης γλώσσας του, που είναι όμως απόλυτα συντονισμένη με το τοπίο της ορεινής Μάνης της Πελοποννήσου, όπου η αφήγηση λαμβάνει χώρα.

Σε αυτό το *sui generis memoir*, εμείς ως μεταφραστές θαυμάσαμε την εμμονή της αφηγήτριας με τα έντομα που κατοικούν στη θερινή κατοικία της και την ικανότητά της να μεταφράζει την καθημερινή τους συμπεριφορά τους σε ανθρώπινη συμπεριφορά και το αντίστροφο. Ακολουθήσαμε το εσωτερικό της ταξίδι μεταμόρφωσης, μετάβασης και απελευθέρωσης από ένα βαρετό παρελθόν σε ένα ελαφρύ και φωτεινό παρόν μέσα από μια ασυνήθιστη αποκωδικοποίηση των καθημερινών συναντήσεών της και της εσωτερικοποίησής τους ως διδάγματα ζωής που κατακλύζουν τα πάντα και καλύπτουν όλες τις πιθανές νοητικές καταστάσεις. Τέτοιου είδους ασυνήθιστη αποκωδικοποίηση επιτυγχάνεται με την απαράμιλλη ικανότητα παρατήρησης του αφηγητή και την -σχεδόν αστεία και ειρωνική- εξ απαλών ονύχων ματιά στην ιστορία της Ελλάδας και του λαού της (και των επισκεπτών της), από την αρχαιότητα μέχρι σήμερα: μια ματιά που δεν χαρίζεται σε κανέναν, συμπεριλαμβανομένης της τρέχουσας κρίσης και των πιθανών γεννεσιουργών της. Πράγματι, η συγγραφέας καταφεύγει στη μέθοδο της κριτικής παρατήρησης, μιας εξονυχιστικής μέχρι βασανιστικής --θα έλεγα-- παρατήρησης, που διερευνά τους πάντες και τα πάντα. Είναι η φαινομενολογική μέθοδος της στοχαστικής θέασης των πάντων που καταλήγει σε μία αμείλικτη κριτική των πάντων, του έξω και του μέσα, η οποία όμως εκφράζεται υπαινικτικά, μέσα από τις συμπεριφορές οι οποίες ξεγυμνώνονται από ένα άγρυπνο οξυδερκές μάτι. Πρόκειται για μία γραφή που καταφέρνει να μεταχειρίζεται με ισορροπία τη διαλεκτική σχέση ανθρώπου-Φύσης, ακριβώς λόγω του ότι τα αντιλαμβάνεται ως συγκοινωνούντα δοχεία. Ωστόσο, όλοι και όλα απαλλάσσονται στο τέλος χάρη στην εθελοντική υποταγή της αφηγήτριας στο μεγαλείο των στοιχείων της φύσης: τη θάλασσα και τον ηλιάτορα, αυτές τις δύο μεγάλες φυσικές δυνάμεις που ενεργοποιούν τη φαντασία της αφηγήτριας και την οδηγούν στον επίγειο Παράδεισό της. Σε αυτόν τον Παράδεισο, η συγγραφέας είναι σε θέση να μετατρέψει κάθετι το υλικό σε άυλο, κάθετι το παροδικό σε μόνιμο, κάθετι το φθαρτό σε άφθαρτο, κάθετι το επίγειο σε αθάνατο. Αυτό υποδηλώνει και ο τίτλος του τρέχοντος τόμου και τηρεί τις υποσχέσεις του. Και παρ'όλο που αυτός ο Παράδεισος είναι ένα αληθινός φόρος τιμής στη Μάνη και την Πελοπόννησο εν γένει, σε ένα άλλο ερμηνευτικό επίπεδο, ο Παράδεισος αυτός αναφέρεται σε έναν αρχετυπικό παράδεισο όπου «ἔν τὸ πᾶν»!

Βασιλική Ράπτη
Καίμπριτζ Μασσαχουσέττης, Σεπτέμβριος 2017

[1] http://levurelitteraire.com/carmen-francesca-banciu-2/.
[2] Ibid.

Vassiliki Rapti

Vassiliki Rapti holds a PhD in Comparative Literature with an Emphasis in Drama from Washington University in St. Louis (2006) and was Preceptor in Modern Greek at Harvard University during the years 2008-2016. She is currently Affiliated Faculty in the Department of Writing, Literature and Publishing at Emerson College and Chair of the *Ludics* Seminar of the Mahindra Humanities Center at Harvard University, where in January 2014 she founded the *Advanced Training in Greek Poetry Translation and Performance Workshop*, which she has been running ever since. Since January 2017 she is the Director of the International Translation Literary Committee of the multidisciplinary electronic literary review *Levure littéraire*. Her publications and research interests center upon literary theory, especially ludic theory and translation theory, comparative literature, women's writing, cultural studies, and avant-garde theatre and performance, with an emphasis on Surrealism and classical reception studies.

Βασιλική Ράπτη

Η Βασιλική Ράπτη είναι Διδάκτωρ Συγκριτικής Φιλολογίας με έμφαση στο Θέατρο από το Πανεπιστήμιο της Ουάσιγκτον στο St. Louis (2006). Κατά τα έτη 2008-2016 υπήρξε Λέκτορας Νεοελληνικής Γλώσσας και Φιλολογίας στο Πανεπιστήμιο του Χάρβαρντ και τώρα διδάσκει στο Τμήμα Γραφής, Λογοτεχνίας και Εκδόσεων του Κολλεγίου Emerson της Βοστώνης των Η.Π.Α., ενώ πράλληλα είναι και Πρόεδρος του Σεμιναρίου *Ludics* του Κέντρου Ανθρωπιστικών Επιστημών Mahindra στο Πανεπιστήμιο του Χάρβαρντ, όπου τον Ιανουάριο του 2014 ίδρυσε το *Εργαστήριο Μετάφρασης και Επιτέλεσης Ελληνικής Ποίησης*, το οποίο και εξακολουθεί να διευθύνει από τότε. Επίσης από τον Ιανουάριο του 2017 είναι υπεύθυνη του Τομέα Λογοτεχνικής Μετάφρασης του ηλεκτρονικού περιοδικού *Levure littéraire*. Οι δημοσιεύσεις και τα ερευνητικά της ενδιαφέροντα επικεντρώνονται στη Λογοτεχνική Θεωρία με έμφαση στη Θεωρία της Πρόσληψης της Αρχαίας Τραγωδίας και τη Θεωρία του Παιχνιδιού, τη Συγκριτική Φιλολογία, τη γυναικεία λογοτεχνία, το πρωτοποριακό θέατρο, και τον Υπερρεαλισμό.

Selected Books from PalmArtPress

Carmen-Francesca Banciu *
Leichter Wind im Paradies
ISBN: 978-3-941524-60-6
160 Pages, Softcover/Flaps, Deutsch

Carmen-Francesca Banciu *
Berlin Is My Paris, Berlin ist mein Paris
978-3-941524-66-8 (EN), 978-3-941524-86-6 (DE)
200 Pages, Softcover/Flaps, English, German

Carmen-Francesca Banciu *
Filuteks Handbuch der Fragen
ISBN: 978-3-941524-79-8
214 Pages, Softcover/Flaps, German

Carmen-Francesca Banciu *
Fenster in Flammen
ISBN: 978-3-941524-65-1
200 Pages, Softcover/Flaps, German

Carmen-Francesca Banciu *
Mother's Day
ISBN: 978-3-941524-47-7
200Pages, Softcover/Flaps, English

John Berger / Liane Birnberg
garden on my cheek
ISBN: 978-3-941524-77-4
60 Pages, Poetry/Art, Softcover/flaps, English

Michael Keith
Perspectives Drift Like a Log on a River
ISBN: 978-3-941524-87-3
214 Pages, Softcover/Flaps, English

Michael Lederer
In the Widdle Wat of Time
ISBN: 978-3-941524-70-5 *
150 Pages, poetry and very short stories, Hardcover, English

Dorothea Flechsig
NightSwim
ISBN: 978-3-941524-72-9
60 Pages, Poetry, Hardcover, English/German

Manfred Giesler
The Yellow Wallpaper *Ein Monologue*
ISBN: 978-3-941524-75-0 *
68 Pages, Theatre, open-thread cover, English/German

Alexander de Cadenet
Afterbirth - *Poems & Inversions*
ISBN: 978-3-941524-59-0
64Pages, Poetry/Art, Softcover/flaps, English

Jörg Rubbert
Paris-New York-Berlin - *Streetphotography 1978 - 2010*
ISBN: 978-3-941524-58-3
260 Pages, Photo Retrospective, Softcover/flaps, English/German

Runhild Wirth
Come Here, I Want to Ruin You!
Palast der Republik - Analysis of Dissolution
ISBN: 978-3-941524-52-1
120 Pages, Poetry/Art, Hardcover, English/German

Wolfgang Nieblich
Distant Yet so Near or **The Currywurst**
ISBN: 978-3-941524-49-1 (EN) *
64 Pages, 18 Coloured Fotos, Engliish

Michael Lederer
The Great Game - *Berlin-Warschau Express and Other Stories*
ISBN: 978-3-941524-12-5 (EN) *
242 Pages, 18 Short Stories, Softcover, English

Michael Lederer
Nothing Lasts Forever Anymore
ISBN: 978-3-941524-33-0 (EN) *
124 Pages, Novel, Softcover, English

Maria Reinecke
La Rambla - *Barcelona Story*
ISBN: 978-3-941524-20-0 (EN) *
91 Pages, Short Story, English

Maria Reinecke
LIVING IN BETWEEN
ISBN: 978-3-941524-22-4 (EN) *
180 Pages, Novel, Softcover, English

* Also available as E-Book